三毛猫ホームズの夢紀行

三色猫探案
梦纪行

〔日〕**赤川次郎** 著

潘璐 译

人民文学出版社
PEOPLE'S LITERATURE PUBLISHING HOUSE

著作权合同登记号 图字01-2022-0885

图书在版编目(CIP)数据

梦纪行/(日)赤川次郎著；潘璐译.
—北京：人民文学出版社，2023
(三色猫探案)
ISBN 978-7-02-018127-8

Ⅰ.①梦… Ⅱ.①赤… ②潘… Ⅲ.①长篇小说—
日本—现代 Ⅳ.①I313.45

中国版本图书馆CIP数据核字(2023)第134236号

责任编辑　卜艳冰　陶媛媛
装帧设计　钱　珺

出版发行　人民文学出版社
社　　址　北京市朝内大街166号
邮政编码　100705

印　　制　山东临沂新华印刷物流集团有限责任公司
经　　销　全国新华书店等

字　　数　104千字
开　　本　787毫米×1092毫米　1/32
印　　张　6.25
版　　次　2023年8月北京第1版
印　　次　2023年8月第1次印刷

书　　号　978-7-02-018127-8
定　　价　39.00元

如有印装质量问题，请与本社图书销售中心调换。电话：010-65233595

目 录

三色猫探案：一个温情的故事世界

　　自三色猫福尔摩斯首次与读者见面，迄今已经有三十六个年头了。三十六年，差不多是普通猫咪寿命的两倍。

　　把小猫设定为侦探，这一想法的诞生纯属偶然。拿到"全读物推理小说新人奖"的第二年，出版社向我约稿写一部长篇推理小说。我绞尽脑汁苦苦思索如何塑造新奇有趣的主人公，因为在"喜剧推理"的大框架中，侦探的形象写来写去好像只有那几种。

　　就在这时，家里养了十五年的三色猫走到了生命尽头。这只小猫早已成为家里不可或缺的一员，而且，这十几年是我家生活最为艰辛的一段时期，正是这只三色猫为我们带来了无限欢乐。

　　等我正式出道，家里的生活终于有所改善之时，三色猫就像完成了自己的任务一样，永远地离开了我们。为了报答小猫多年以来的陪伴，我决定让它在我的作品中复活。于是，在《推理》一书中，与我家小猫形态、毛色如出一辙的"猫侦探"从此登场。

不过，那时我并未打算写成系列。没想到此书一经出版好评如潮，结果我又写出了第二部、第三部……年复一年，不知不觉间，这个系列已迎来了第五十部作品。原本是我希望通过写小说向我家三色猫报恩，结果它又以几十倍的恩情回馈了我。

三色猫福尔摩斯、片山兄妹、石津刑警，这些角色不仅仅是我创作的角色，多年来，广大读者已把他们当作家人一般亲近与喜爱。因此，我会一直把这个系列写下去。

中国出版界很早之前就引进了这套作品中的若干部，不知道猫这种生物，在日本人和中国人心目中的形象是不是有很多共通之处呢？

无论如何，这个系列被翻译成中文并被广泛阅读，这对于作者来说，实在是无上的荣幸。

曾经有一名小学生读者看了"三色猫探案"系列后对我说："原来坏人也是有故事的啊。"在我的书里，猫侦探也好，片山刑警也好，他们都不是对罪犯一味穷追猛打的那种主人公。有些人是因生活所迫，不得已而犯下罪行的。对于他们，我书中的侦探们在彻查真相的同时，总是怀有同情心。

也许现实世界比小说残酷许多，但我衷心期待大家在阅读"三色猫探案"系列时能够暂时忘却现实，在这个充满温暖和人情味的世界中获得治愈和救赎。

猫侦探也是这样希望……的吧。

赤川次郎

二〇一四年四月

序 幕

啊，对了！

拐弯后，就能看到圣斯蒂芬大教堂的高塔了。

再走十分钟左右就能到达音乐厅了。

对对，来到这里基本就不会迷路了。

维也纳的市区街道我基本了如指掌！

啊，红白相间的城市电车在街上穿梭。不过话说回来，这种老古董竟然还没有被淘汰啊。

走上这条大街，很快就会到达王宫。

今天的游客想必也很多吧。

什么？你说你想去哪儿？

交给我吧！你想去维也纳的任何地方，我都可以给你当导游。

我每天都在这座城市游荡，想不熟悉都很难。

什么？你说你想和女朋友在城里随便走走，问我哪座公园比较好？

嗯……我想想，维也纳有好几座公园。有恋人在身边，无论去哪里都会很开心吧？

不好意思，你的女朋友对哪里感兴趣我就不知道了。我怎么可能会知道？对不对？

我的女朋友啊，这种事根本不需要问她的意见。她肯定会这样说："去哪里都可以，你想去的都好。"

你的女朋友呢？她很任性吗？想去哪儿就去哪儿，根本不管你的意愿？想吃什么、想买什么也会毫无顾忌地说出来？她是这种女生吗？

如果是，那你太惨了。每次约会都要小心翼翼地讨好她，生怕她不高兴，这不是很累吗？这样的女朋友不要也罢。

我就很幸福了。我的女朋友时时刻刻都想着如何讨我的欢心，而且一直对我抱有感恩之情。

是啊，这样的女生，全世界找不出第二个。

对了，今天我还没给她打电话呢。

她一定开始胡思乱想了。

"弘一，出什么事了？是不是感冒了？不会是发烧卧床不起吧……"

"弘一！"

嗯，我给她发个邮件吧，让她安心。

"弘一，你在睡觉吗？"

门外传来的声音把弘一拉回现实。

"妈,我起床了。"

"晚饭做好了,你现在要吃吗?"母亲隔着房门问道。

"我还不……"话说到一半,弘一才发现已经饿得前胸贴后背了。

今天早饭吃了什么来着?午饭呢?吃了吗?

没有,午饭肯定跳过了。

"嗯,妈,我要吃晚饭。"

弘一隔着房门都能感受到母亲的喜悦。

"好,那我把饭热一热,你等着。"说完,母亲的脚步声渐渐远去。

弘一转头盯着电脑,屏幕上是维也纳的城市画面。直到刚才为止,他都沉浸其中,想象自己在维也纳悠闲漫步,在咖啡馆品尝咖啡,在教堂观赏古迹。

当然,他没办法真正品尝到咖啡的滋味,也没办法切身感受到教堂中凉爽的空气。一切只凭想象。尽管如此,弘一仍感到心满意足。

现实中,弘一从未去过维也纳,但他对这座城市的名胜古迹、一砖一瓦都了然于心。恐怕当地导游都不见得比他了解得更多。

另外，弘一还没和"女朋友"联系呢。

电脑上的画面切换为"女朋友"，弘一将她命名为雅由。雅由讲话总是很温柔，生怕刺伤弘一的心，比如她经常会说："乖乖待在家里，不要出门啊！"绝不会训斥他："老大不小的，赶紧出门找份工作！"

"就是嘛……我开开心心的，别人有什么资格说三道四！"弘一嘟囔着，然后向"女朋友"打招呼："嘿，雅由。"

"你好啊，"电脑上可爱的数字动画少女羞涩地微笑，"见到你好开心。"

"我现在要去吃饭，待会儿再聊，好吗？"弘一敲击键盘，输入这句话。

"好，我等你。"雅由向弘一抛来一个飞吻。

"一会儿见。"弘一起身打开房门里侧的门锁，推开门。

这间屋子连母亲都不能进入。弘一每天都勤快地打扫房间，经常开窗通风。

"好，现在去吃晚饭。"弘一走下楼梯。

除了吃饭、洗澡，弘一根本无需下楼。二楼有卫生间，十分方便。母亲雪子一般只使用一楼的卫生间。

小出弘一今年二十四岁，闭门不出已经四年了。他和母亲小出雪子相依为命，日子过得舒服、自在。

周围的人，比如邻居那些长舌妇、麻烦的亲戚以及弘一的朋友都管他叫"家里蹲"。但弘一并不这样认为，他只是觉得待在自己房间里的时候心情最舒畅。

其实弘一知道这样不太好。但母亲每天都努力赚钱养家，既然吃喝不愁，自己就根本没必要进入那个"让人不爽"的外部世界去奋斗嘛。

不过，如果有必要……对，如果有必要，我随时可以去大公司找到工作，做出惊人的业绩，让世人看看我的本事。

没错，就是这样！我只是"暂且休息"而已。

"妈，我饿死了……"弘一来到厨房，突然闻到一股奇怪的煳味，"妈，你干什么呢？"

锅里冒出浓烟，煤气开着。

"妈，你忘记关火了。"母亲很少这样粗心大意。

弘一关上火，锅里的食物已经烧得焦黑，没法吃了。

"妈，你怎么了？"这时，弘一才发现母亲雪子倒在流理台前的地板上。

"妈，你怎么躺在这里？会着凉的。"弘一连声呼唤，雪子却没有应答。

雪子仰面倒在地上，仿佛受到极大惊吓，双目圆睁，直勾勾地望向天花板。她胸前的衣物染红了一片。

"妈，快起来。饭都煳了。"

弘一以为雪子听到他的话就会一骨碌爬起来，嘴里一边念叨着"真对不起，我马上重新做"，一边打开冰箱取出食材。

一定会这样。妈妈对我从来都是有求必应。

"妈，你说是不是啊！"

然而雪子依然一动不动。

"妈……"

弘一拉出餐桌旁的椅子，坐在老位置上。就这样等下去，母亲一定会站起来，然后会给我做饭，并向我道歉："不好意思，饿坏了吧？是妈妈的错。"

一定会这样……

弘一坐在椅子上，专心致志地等待母亲醒来。

1 深夜来电

手机在响。

在哪儿？是哪儿在响？

亚由迷迷糊糊地想。

但这不是我的手机啊。我的铃声怎么会这么过时！

可是……亚由猛地清醒过来，咂咂嘴："是那个手机！"

没错，是那个放在化妆台上的手机一直响个不停。亚由看看表："三点？"

半夜三点谁会打电话啊？

铃声终于停止了。如果不关机，说不定待会儿还会打过来。亚由很不情愿地爬下床去拿手机。

那是她以前用的旧手机，但这个手机在三十层以上就接收不到信号，所以亚由只好换了其他品牌的手机。不过旧手机里的邮件和数据还有用处，因此亚由一直留着。

上次，亚由偶然需要查找久未联络的熟人的联系方式，就把旧手机充电开机。结果她忘记关机，一直放在那里。

"谁打来的？"亚由眉头紧皱，查看通讯记录，"不会吧！"她情不自禁叫出声来。

手机屏幕上显示来电人是"小出弘一"，连打了三次。

"开什么玩笑！"亚由正想关机，恰在这时，手机又响起来。安静的卧室里，铃声格外刺耳，吓得她浑身一抖。

我才不会接电话，直接挂断就好了。

面对响个不停的手机，亚由这样想。

事到如今，她和弘一已没有共同话题，而且深更半夜打电话来，说明这个人根本不懂社交礼仪。

"就是这样，我才不接呢，"然而，想法归想法，亚由还是不由自主地按下了接听键。

"喂喂，"她一出声，就听对方立刻倒吸一口凉气，"喂喂，是弘一吗？"

"我是……你是……亚由吧？"对方有气无力地说。

"好久不见了。"

"嗯……谢谢你愿意接我的电话。"

"我在睡觉呢。现在是半夜三点！你找我有事？"

"啊……嗯，有点儿事……"和过去一样，这个人讲话还是吞吞吐吐的。

"你还好吧？"亚由问。

"嗯，我还好。你呢？"

"我工作很忙。每天晚上十点多才能下班回家。"

"真辛苦啊。"

"明天一早，我们还要开早会。八点开始，一边吃早餐一边开会。"

"啊？八点就开会？我肯定起不来。"

"你还在家里蹲着？"

"算是吧。"

"我得睡了，要不然明天起不来。"

"哦，不好意思！真对不起，这么晚了给你打电话……"

亚由烦躁起来。

"你到底找我有什么事？有事就快说！不急的话，之后给我发邮件也行。"

发了邮件我也不会读，亚由在心里补充一句。

"嗯。我是找你有事……我妈妈她……"

"你妈妈怎么了？你们不是一起住吗？"

"嗯，我们一起住。"

"她怎么了？"

"我……也不是很清楚。"

"到底怎么回事？你倒是说清楚啊！"

"对不起！我要挂电话了。不好意思，把你吵醒了。我们说话的时候，我妈妈可能已经醒了……"

亚由这才听出弘一的声音在颤抖。

"醒了是什么意思？你妈妈到底怎么了？"

"我也不知道……她一直躺着，躺在厨房的地板上。"

"厨房的地板上？你叫她也不醒？"

"嗯。可她不应该不醒啊，晚饭还没做好呢……"

"弘一，你妈妈倒下多久了？"

"大概……七八个小时。"

亚由倒吸一口凉气："弘一，你马上叫救护车！你能做到吧？先拨打119，然后告诉对方你家住址。"

"但是……也许这段时间我妈妈就会醒了。"

"你妈妈倒在地上，这很危险！你明不明白？"

对方顿了顿，说："亚由，我妈妈好像死了。"

"弘一……"

"她胸部有个伤口。"

"你说什么？"

"她胸口有个洞，在流血。"

"就是说……她被杀死了？"

"是这样吗？"

"弘一，你快打119，把这些情况都告诉对方，那边一定会联系警方的。"

"嗯……我会照办的。谢谢你。"

"你能做到吧？打119，把情况说清楚，懂了吗？"

"应该……没问题。我会拜托妈妈让她去做的。半夜把你吵醒，真对不起。"

"弘一……"

"你多保重。工作加油。"

"谢谢……"

电话挂断了。

亚由死死地盯着手机，脑海中浮现弘一过去的样子。那时，他偶尔会战战兢兢地偷偷瞥她一眼，脸上露出不知所措的笑容。

"和我有什么关系！"亚由切断手机电源，塞进抽屉深处，躺回床上。

是的，这事与我无关。我们早就分手了。

而且，他妈妈是被杀吧？一旦和这种事扯上关系就会有大麻烦。

亚由用被子蒙头，闭上眼睛。

但是弘一一动不动地坐在母亲尸体前的样子在亚由的脑海中萦绕不散。如果放任不管，他一定会在那里坐到天荒地老吧……

亚由辗转反侧，最后还是爬下床。

"你啊，就爱多管闲事。"她一边自言自语，一边开始换衣服。

她应该还没忘记弘一的地址。

亚由收拾停当，离开了公寓。

一进入那户人家的玄关，片山义太郎就打了个大哈欠。

半夜，或者应该说凌晨四点，他被一通电话吵醒。

"快去杀人现场！"于是他来到了这里。

就算困得不行，也至少应该在进入玄关之前打哈欠吧，这是起码的礼仪。片山打完哈欠刚闭上嘴，就看到一位年轻女性站在面前。

"啊……哦，不好意思，"片山赶紧自我介绍，"那个，我是警视厅搜查一科的片山。"

"请进，"那位女性说，"已经来了几位。"

"失礼了。"片山走上玄关，石津刑警正好出来。

"啊，片山先生，你来了。"

"你来得很快嘛。"

"因为我住的地方离这里很近，"石津说，"现场在这边，在厨房里。"

"被害人是……"

"是女主人小出雪子。据说她和儿子两个人同住。"

厨房里，鉴证科的几名工作人员正在忙前忙后。

一个四十五岁左右的女人仰面倒在流理台前的地板上，她身穿朴素的针织衫和半身裙，还系着围裙，看起来只是一位平凡无奇的母亲。

"是枪杀。"石津说。

子弹贯穿了心脏，就算是片山也知道是当即死亡的。

死者像受到惊吓似的双目圆睁，不过她应该来不及感受到恐怖就死了。

"屋子里没有乱翻过的迹象，"石津说，"恐怕不是强盗杀人。"

"她叫小出雪子，对吧？你说她四十六岁？"死者头发花白，显得比较苍老。

"谁报的警？"

"是我。"刚才在玄关碰到的那位女性正站在片山身后。

"你是这家的人？"片山问完又改口，"不对，死者是和儿子两个人同住。"

"我叫天宫亚由，"她说，"能和您私下说几句吗？"

"当然可以，"片山对石津说，"验尸官来了叫我。"

片山和天宫亚由坐在客厅的沙发上，他拿出记事本记录。

"你叫天宫亚由，对吧？你住在附近吗？"

"不。我和这家的儿子弘一认识，"天宫亚由说完，又补充道："以前认识。"

"话说回来，这家的儿子现在在哪里？"片山忽然想起。

"弘一在自己的房间里。"

"自己的房间？"

"是的。这四年来，弘一好像没出过家门一步。"

片山点点头："是这样啊。那你怎么……"

"半夜三点左右，弘一给我打了电话。"亚由打断片山。

片山继续问："然后你打车来到这里并打电话报警？"

"是的。弘一说，他母亲大概是昨天晚饭时间去世的。"

"也就是说，据目前了解到的情况，这家的儿子弘一没有看到凶手。"

"大概没看到。我没有详细问他。总之，他似乎还无法接受母亲去世的事实。"

"看起来找他问话会很困难，"片山叹了口气，"那么，你对小出雪子女士遇害有什么看法？"

"完全没有，"亚由立刻回答，"四年来，我没有和弘一见过面。"

"四年前，弘一……"

"那时他二十岁，是大学生，和我同年级。"

"他后来怎么成了'家里蹲'？"

"不知道，"亚由摇摇头，"对了，刑警先生，我还有工作，有个早会必须参加。能不能让我先回趟家？我回去也没空睡觉，只能抓紧时间收拾打扮一下就得上班了。"

"我明白了。那你留个联系方式吧……"

"我已经把联系方式告诉那位大块头刑警了。"

"你告诉石津了？那我就不耽误你的时间了，有什么情况会再联系你的。"

"非常感谢，"亚由松了口气，"对了，片山先生……"

"什么事？"

"剩下的事就拜托您了，尤其是弘一，请多关照……"

"我会留意的。"

"那我就放心了，"亚由一边穿大衣一边说，"以前的弘一性格温柔，心地善良。不过，四年过去了，他现在是怎么样，我不是很清楚。"

亚由在玄关脱下拖鞋，换上皮靴，就在这时，二楼传来一声尖叫：

"不许进来！"

"那是……"

"这是我的房间！不许进来！滚！"

"是弘一。"

亚由抬头看向楼梯，石津从楼上走下来。

"怎么回事？"片山问。

"我们想进入这家儿子的房间检查，看看有没有被翻乱的地方、能不能找到凶手的线索。可我们好说歹说，他都坚决不让我们进门。"石津一副很伤脑筋的样子。

"这可麻烦了，"亚由犹豫片刻，"我去和他说说。"

"可以。但要拜托你一件事，不要乱动房间里的东西。"

"好的。那我去了。"

亚由走上二楼。弘一的房门紧闭，门把手上挂着"请勿打扰"的牌子。

"弘一，是我，"亚由喊道，"出来一会儿好不好？"

里面沉默片刻。"这是我的房间！谁也不能进来！"

"弘一，我知道你妈妈去世让你很难过，可是你这样窝在房间里不出来，你妈妈也会很难过。你要好好送别妈妈最后一程才对啊。"

亚由舒缓又饱含感情的语气似乎让弘一平静下来。房间里传出细微的动静，门开了。

"警方想进屋看一下，没关系的。他们不会乱动你的东西。我们下楼待一会儿吧。"

"亚由，你会陪着我吧？"弘一说。

亚由迟疑了一瞬，点点头说："我会陪着你。"她把手放在弘一的肩头，"我们下楼吧。"

片山朝亚由点头道谢。

两个人下到一楼，石津说："哎呀，真不容易。我们进去检查了。"

"不要乱碰我的东西。"弘一说。

"好。"

片山也走进弘一的房间。在他的想象中，"家里蹲"的房间肯定杂物堆积如山，连下脚地都没有。可他万万没想到这个房间简直一尘不染，甚至可以说干净得过头了。

打开的电脑放在那里。

"一直待在这种房间里也不错。"石津歪着头评论道。

"他一直待在房间里肯定是有原因的。"片山一边说一边查看书架上的相框。其中一张是母子俩的合影，那时弘一还是高中生，母亲也非常年轻。除此之外，其他照片都不是现实中的人物，而是数字少女图片。

可是，一位与儿子相依为命的母亲为什么会突然遭枪杀？谜底将从此揭开。

"片山先生。"石津似乎很紧张。

"怎么了？"

"请看这个。"石津窥看电脑桌旁的垃圾桶，"我觉得好像不太对劲，有些纸没有团成团，直接扔在里面。我把它们捡出来，然后发现……"

垃圾桶底部赫然躺着一把乌黑铮亮的手枪。

2 后悔

天宫亚由赶到公司的时候，早会已经结束了。大家都站起来准备离开了。

"非常抱歉！"亚由深深鞠躬。

"道歉有什么用！"团队主管尾田八郎冷冷地瞪着亚由，"会都开完了。"

"对不起！"

其他成员陆续走出茶点室。亚由任职的OB策划公司位于大楼的三十层，早会在大楼顶层即四十层的茶点室召开。

正式上班时间是上午九点，但八点的早会从没人迟到。

"请问……"亚由问道，"动画博览会那个项目的成员定下来了吗？"

"定了。项目主管是浅井。"

"那我……"

"你人都不在，能选你吗？这点儿道理总该懂吧？"

"但是……"亚由欲言又止，终于垂下了眼帘，低声说，"我知道了。"

OB策划公司的团队主管相当于一般公司的科长。现年四十一岁的尾田作为职场精英，向来说一不二，最讨厌别人找借口。

"来都来了，吃个早餐吧。"尾田丢下这句话匆匆离开。

亚由在原地站了一会儿，直到过来收拾桌子的服务生问"您有什么需要"，她才回过神来："哦……不用……"亚由本想拒绝，但随即改口，"那我要一份吐司和咖啡。"然后她在桌旁坐下，把笔记本电脑放在桌上，嘴里嘟囔着："我怎么这么傻……"

为了弘一，自己错过了难得的好机会。

"就不该接他的电话。"这句话脱口而出，但说出来也没有什么安慰作用。

弘一房间的垃圾桶里出现了疑似凶器的手枪。

当然，后来警方找弘一问了话。四年未曾踏出家门的弘一先是母亲去世，随后被警察当作嫌疑人盘问，快被击垮了。

面对警方的询问，弘一什么都答不出来，只是紧紧地攥着亚由的手不松。

不过那个片山刑警似乎很能理解弘一的处境。弘一并没有被带去警局。

他现在一定又把自己关在房间里了。

吐司和咖啡送来，亚由开始吃早饭。

"他的吃饭问题怎么解决？"弘一能独自活下去吗？吃饭、洗衣这些事怎么办？

"又不关我的事。"亚由暗暗生气。这份怒气既是针对弘一，也是针对自己。

OB策划公司主要负责大型活动、集会、出版等项目的策划与执行。亚由所属的开发部是公司的核心部门。不用说，竞争自然很激烈，既有行业竞争，也有公司内部竞争。

早会迟到是大大的减分项。尽管亚由不会因此丢掉工作，但如果不能及时弥补，很有可能会被调离开发部。

"没工夫再想弘一的事了。"亚由迅速吃完吐司，一口气喝光咖啡，在账单上签上自己的名字，说了声"谢谢款待"就起身离开了。账单会在发薪日那天统一结算。

亚由走进电梯厅，电梯门正好打开。

"啊……"尾田从电梯中走出来对亚由说："太好了，你还没走。"

"我正准备回办公室……"

"我要跟你说点儿事。"在尾田的催促下，一头雾水的亚由返回茶点室。

"喂，两杯咖啡。"尾田招呼服务生。

"尾田先生……"

"你刚才为什么不好好解释一下迟到的原因？"

"什么？"

"唉，没好好听你说是我的错。昨天晚上很辛苦吧？"

"您怎么会知道？"

"刚才我接到一个电话，是姓片山的刑警打来的，他说你帮他们查案，忙了大半夜，担心你赶不上早会。"

亚由非常吃惊。她的确留下了名片，也提到过早会的事，可她万万没想到片山会给她的上司打电话解释。

"但迟到就是迟到，没什么好说的。"

"在你眼里，我是这种铁石心肠的上司吗？"尾田苦笑，"听说是凶杀案？"

"是啊……电视新闻大概报道了。"

"给我讲讲具体情况。"

"啊？为什么？"

"干我们这种工作，什么都要知道，你明白吧？说不定什么时候就派上用场了。"

"哦……"亚由不明就里，但还是把事件从头到尾给尾田讲了，从深夜接到小出弘一的电话到警方发现疑似凶器。

尾田听得很入神，咖啡都忘了喝。

"也就是说，可能是儿子杀害了母亲？"

"我认为并非如此。片山先生觉得是凶手故意把手枪丢弃在那里的，所以他们没有把弘一带回警局进一步审讯，只是把他关在家里监视。"

"是这样啊。这位片山先生看起来很能干嘛。"

"他是个好人。按照一般情况，弘一肯定要被带回警局拘留。但他的手上没有检测出硝烟反应，手枪上也没有发现指纹，所以警方没有把他当作嫌疑人。"

"原来如此，"尾田心领神会，"但是……"

"但是什么？"

"我想说，有可能是儿子冷静地布局，杀害了母亲。"

亚由被尾田的言论震惊，说不出话来。

尾田有点儿不好意思地笑了笑："对不起，其实我是推理小说迷。"

"这还真不知道，"亚由发现自己第一次窥见上司私下的一面，"我还以为您的脑子里只有工作呢。"

"你这话太过分了，我也是有兴趣爱好的。"

"对不起。"

尾田喝着咖啡。

"你和那个弘一是恋人吗？"

"不是。我都说了，弘一四年没有外出了。"

"但你们认识。"

"我们曾经就读于同一所大学。的确，读书时我们交往过，但我不知道那算不算谈恋爱。"

"这样啊。但他现在过着'家里蹲'的生活，日常生计怎么维持？"

"不知道……具体情况我也不了解。"

"那你时不时去了解一下情况吧。"

"尾田先生……"

"如果警方查到凶手的动向或有其他线索，你一旦了解到就告诉我，可以吧？"

"但是，我的工作怎么办？"

"我批准了！以后你每天五点就可以回去了。"

"尾田先生，您是要炒我鱿鱼吗？"

"不是，身边的现实世界里出现凶杀案，可以说是千载难逢，对不对？"

"如果每天发生凶杀案也太恐怖了。"

"所以这是不可多得的机会，可以追踪一起凶杀案的侦破过程。"

"尾田先生，真没想到您竟然有这种独特的爱好！"

"你想怎么说就怎么说，"尾田兴致勃勃，"反正，你听好，这是工作，必须尽职尽责。"

亚由张口结舌，好半天才挤出一句："好吧……"

弘一坐在电脑前，茫然地看着屏幕上重播的不知所云的动画片。有时中间会插播广告，广告中一位穿围裙的母亲露出慈祥的微笑。

"妈妈……"弘一低声呼唤。可是妈妈已经不在了，弘一理智上明白这一点，但感情上无论如何都无法接受。

"怎么回事？"他被玄关外传来的门铃声唤回现实。放任不管就好了。

弘一无视门铃声，重新把视线转向电脑。

"对了，和雅由见个面吧。"也许是因为最近发生了太多事，竟然把雅由忘记了，太不应该了。

他立刻召唤出雅由。

"弘一，"雅由朝他挥挥手，"你出远门了？"

"对不起，"弘一一边说一边打字，"我有点儿事，最近不方便见面。"

"能见到你，我好开心啊。"

"我也是。"

门铃反反复复响个不停。

不管它！白天常常有快递员、推销员，还有募集资金的可疑人员上门，只要置之不理，那些人很快就会放弃并离开。如果有要紧的事，他们会留下便条，母亲都会妥善处理。对，根本不用我操心。

正想着，门铃声停止了。

"这样就好了。"弘一松了口气，这样就可以全心全意地与雅由相处了。

可……那是什么声音？"喀嚓——"好像是开锁声。有人打开大门进来了！

弘一不由自主地站起来。怎么办？谁来了？他听到有人穿着拖鞋走动的声音，有人在房间里走动。

突然，弘一眼前浮现出母亲倒在地上的样子。妈妈！我该怎么办？弘一脸色苍白，听着脚步声走上楼梯，越来越近。

难道……杀害母亲的那个人又来杀我了？弘一不知如何是好，呆立在原地。

妈妈……对了，一定是妈妈来帮我了。妈妈绝不会抛弃我！对不对，妈妈？

脚步声在弘一的房门口停下来。直到这时，弘一才发现自己的房间没有上锁！最近事情太多，心绪烦乱，竟然忘记上锁。

可是现在锁门已经晚了，太晚了……

房门慢慢打开。

啊！我要死了！弘一猛地闭上眼睛。

"喵——"

嗯？这是什么？好像是猫叫？怎么会有猫？

弘一睁开眼，一只三色猫蹲坐在他面前，目不转睛地盯着他。这只猫的眼睛仿佛有一种不可思议的魔力，像人类一样充满感情。

"你是弘一吧？"难道是猫开口说话了？弘一吓了一跳，这怎么可能？

"我按了半天门铃，你都不开门，我只好自己进来了。"一位年轻女性双手抱胸站在门口。

弘一松了口气。这个人怎么看都不像杀手。

"你倒是说句话呀？"女性说。

"那个……你是谁？"

"啊，真的开口了，"女性似乎感到很好笑，"太好了。我还以为你是蜡像呢。"

"我是……真人！"

"我叫片山晴美。"

"你姓片山？"

"我是片山刑警的妹妹。"

"啊……但是，你为什么……"

"这位是福尔摩斯。"

"什么？"

"这只猫叫福尔摩斯。"

"哦，"弘一低头看三色猫，"你们来我家有什么事？"

"我哥让我来看看你过得怎么样，"晴美说，"你一直待在这个房间里？"

"但是，你怎么会有我家钥匙？"

"你把钥匙给我哥哥了。不记得了？"

"是吗？我好像……忘记了。"

"你母亲的事，我很遗憾。实在太可怜了。"晴美说完，对三色猫说，"福尔摩斯，我们已经和弘一打过招呼了。"

"喵——"三色猫迈着轻快的步伐在房间里巡视。

"那个……"

弘一正要开口，晴美打断他：

"它在你家可以自由活动吧？"

"嗯，可以……"

"我哥让我给你买来一大堆冷冻食品，能在冰箱里放很久，你用微波炉热一热就能吃。"

"谢谢……"

"就是这些事，打扰了。"

晴美准备离开，弘一叫住她："那个……片山……"

"晴美。"

"晴美小姐，非常感谢你的帮助。"

"别客气，"晴美微微一笑，"不过，我不能总是送货上门。你一个人也要努力学习着生存下去。"

"谢谢……"

"有事的话，打我手机，"晴美说，"我给你发了邮件，留了邮箱地址和手机号，你存到手机里。"

"还有，那只猫……"弘一说。

"猫怎么了？"

"是一只聪明的猫咪。"

"没错，它的确和普通的猫有些不一样。另外，我哥让我转告你，今天晚上他们还会问你很多关于你母亲的事。"

"我母亲的事？"

"因为凶手还没有抓到。你明白吧？"

"嗯。"对啊，妈妈再也回不来了。

这时，电脑屏幕中传来呼唤："弘一，你在干什么？"

弘一吓了一跳。

"咦？谁在说话？"晴美走近电脑，"好可爱的女生！"

"她叫雅由。"弘一说。

"她刚才是不是叫你弘一？"

"嗯，我的登录名是本名。"

"你们能对话？"

"不能，我只能打字……"

雅由抱怨道："好无聊。你是不是厌倦人家了？"

"把女孩晾到一边，会被甩哦。"晴美愉快地打趣。

"我这就来。"弘一急忙在电脑前坐下。

"那我下楼了。你们慢慢聊。"

晴美离开了，福尔摩斯仍留在房间里看弘一敲击键盘。

晴美来到厨房查看冰箱和橱柜，嘴里嘟囔着："你们要好好相处啊。"

这时，玄关那边有人说话，"你好……打扰了……"

晴美走出厨房，看到一位年轻女性站在那里，双手各提着一个大购物袋。

"请问……"

"你是找小出弘一吧？他在二楼。"

"这样啊……"

"啊，你是天宫小姐？"

"是。"

"我哥提到过你。天宫亚由小姐，对吧？哦，我明白了，所以那个女生叫雅由啊。"

"请问……"

"我叫片山晴美。我哥是刑警，叫片山义太郎。"

"啊，原来是片山先生的妹妹！"

"哥拜托我买些食物送来，不过看起来好像没必要。"

"没有这回事……"

"你进来吧。这里又不是我的家。"

亚由把买来的东西放入冰箱，冰箱一下子装满了。

"对了，我哥哥还想问问关于小出雪子遇害的事。你知道什么其他情况吗？"

"不知道。这些年，我和弘一没见过面。"

"这样啊。警方还没有查清这家人到底靠什么为生。他们对雪子女士的事一无所知，对凶手的动机也毫无头绪。"

这时，福尔摩斯走过来，弘一好像被猫咪牵引着跟来了。

"哦，亚由……"

"弘一，你还好吗？"

"还好吧，我也不知道好不好。"

"好了，我哥待会儿会过来。"晴美拿起自己的购物袋说，"福尔摩斯，我们回家啦。"

3　另一张面孔

"所以那位天宫亚由小姐也去了？"片山问。

"对，还带了很多食物呢，"晴美说，"哥，这么晚了，你在外面吃完再回家不好吗？"

微波炉发出"叮"的一声。

"还有，你没去找小出弘一问话吗？给你，吃饭吧。"

"我原本打算去找他，"片山终于吃上了迟到的晚餐，"那我开吃了。"

"米饭不够的话，可以再添哦。"

"嗯。"

"你们查到什么了？"晴美也给自己倒了杯茶，"找到线索了？"

"没有，还没找到直接线索。当然凶器已经找到了。"

"那把手枪就是凶器？"

"还在测试，不过十有八九就是它。"片山说。

"杀人动机呢？"

"还不知道。另外，我们完全不清楚那位母亲到底是如何赚钱养家的。"

"为什么？"

"我们查了她的银行存折，有三千万日元存款。这么多钱是从哪儿赚来的？"

"可能她考虑到儿子的将来，一直节衣缩食努力存钱。"

"但她似乎没工作。根本查不到她到底是做什么的。"

"这样啊。看起来这三千万日元存款不简单。"

"是啊。考虑到她被枪杀，说不定……"

"说不定她从事过某种危险的工作？也许涉及犯罪？"

"当然我们不能轻易下结论。我只是说有这种可能。"

"也对，"晴美点点头，"但万一真是如此，小出弘一肯定会大受打击。"

"是啊，"片山添了第二碗米饭，"明天我去见见他。"

"喵——"福尔摩斯懒洋洋地叫了一声。

"今天辛苦你了，"片山对福尔摩斯说，"如果知道天宫小姐会去送食物，你们就用不着特地跑一趟了。"

这时，片山的手机响了。

"谁啊？你帮我接一下。"

"好。"晴美接起手机，"喂，是石津先生啊。对，他正在吃晚饭呢……你等一下。"

片山一口喝干茶水，拿过手机："喂，怎么了？"

"你在吃饭？真好啊！"石津说，"能吃到晴美小姐亲手做的饭菜，太幸福了。"

"我说，你打电话来不是因为肚子饿了吧？"

"不是！我是想说那个小出雪子的事。"

"哦，你们查到什么了？"

"警局这边抓了一个偷盗车内财物的小偷在审问，他碰巧看到了新闻报道。"

"然后呢？"

"咦？"那个男人说。

"怎么了？"负责审讯的刑警抬起头，"老实回答问题，不许东张西望。"

"对不起，"男人挠挠头，"不过那条新闻在说什么？"

"新闻？哦，在说一起凶杀案。某位太太被杀了。"

"哦……"

"好了，你接着说，你偷的那条项链怎么样了？"

"那个女人，我认识啊。"这个男人叫村井定，靠在停车场偷取车内财物为生，这次是"三进宫"了。

"是你的熟人？"

"不，我们不熟。但是，那个女人可不是什么善茬。"

"什么意思？"

"那个女人不好惹。上次我差点儿死在她手上。"

"你也太夸张了吧。"

"是真的！我一点儿都没有夸张。"

这番对话碰巧被石津听到了。

"喂，"石津插嘴道，"你刚才说的都是真的？"

那辆车静悄悄地驶入停车场。

若在平时，村井绝不会对这种车下手。

但是那天晚上，村井身无分文，饿得要死，实在没法挑三拣四了。

他在暗处看到司机下车，打开后车门。一个穿奢华裘皮大衣的女人走下车，用责备的语气问道："没人出来迎接吗？"

"我这就和那边联络。"司机急忙接口。

"算了，还是我自己上去比较快。"女人快步离开，司机慌忙跟在后面。

"太棒了！"车门没锁。村井蹑手蹑脚地靠近那辆车。车子离电梯有一定距离，司机即使回来，大概也需要一段时间。

村井打开车门，找到一只女士手包。他打开翻看，里面大约有二十张万元钞票。他抽出钞票放入兜里，继续搜寻包里的其他物品。

有一部手机。这东西能卖掉吗？总之，拿走再说。他把手机也塞进兜里，其实只要有现金他就心满意足了。

村井关上车门转过身，一位大汉像铁塔般站在他面前。

"这个混蛋！"大汉骂骂咧咧，一拳击中村井的腹部。村井当即倒地不起。

"我忘了拿手包。"穿裘皮大衣的女人说。

"对……不起，"村井喘着粗气艰难地道歉，"我好几天没吃东西了……饶了我吧。"

"把东西交出来！"穿黑西装的大汉命令道。

村井赶紧把现金和手机从兜里掏出来。

"就这些？"女人把东西捡起来。

"就这些……"

女人打开手机查看，"你看到什么了？"

"我什么都没看到！"

大汉用鞋尖猛踢村井的下巴，村井发出悲惨的呻吟，动弹不得。

"现在怎么办？把他处理了？说不定是间谍。"

"怎么可能！"女人说，"哪有这种货色的间谍？"

"那至少要折断他的一条手臂。"

村井涕泪交流，合掌乞求："您大人有大量，不要啊！饶我一条狗命吧！"

女人低头看了村井一会儿："算了，这次饶了你。不过，如果你还想要这条命，记得以后找普通车子下手。"

"是！是！以后再不干这种事了。谢谢您高抬贵手，饶我一命！"村井在水泥地上磕头不止。

"就这么放过他？"大汉似乎不服气。

"你也出气了。"女人正要把村井还回来的钞票收起来，又说："这张钞票被他弄得皱巴巴的，没法用了。"于是她把那张万元大钞丢在村井眼前，扬长而去。

"死者就是那个女人。"村井说。

"你没认错人？"

"不可能。那天的事，我一辈子都不会忘，"村井瑟瑟发抖，"想忘都忘不了！"

石津把村井的话原原本本讲给片山听。

"你有什么看法？"

"是村井啊，他说记得那个女人的长相？"片山说，"不过，他撒谎可没什么好处。"

"也许他认错人了。"

"嗯，也有可能，"片山思考片刻，"现在没有其他线索。死马当活马医。村井还在拘留所？"

"对。"

"好。明天让村井带我们去他遇见那个女人的地方。"

"明白，"石津说，"对了，片山先生，你吃完饭了？"

"有话直说！要是想来我家吃饭，就直接过来。"

"我五分钟之后到！"

"五分钟？你在哪儿呢？"

"在去你家的路上。"

"您好，"胡子拉碴的村井深深鞠躬，"是片山先生？"

"对。我们以前见过。"

"是这样啊。我这个人记性不太好。"村井困惑地看着片山、石津、晴美加福尔摩斯这个奇异的组合。

"如果你帮上忙，我们就放了你，"石津说，"但是你不能骗我们。"

"当然，当然。"

"拿上这个。"晴美递给村井一个袋子。

"这是什么？"

"电动剃须刀和乳液，把自己收拾得干净点儿。这里还有发胶。"

村井呆愣愣地伸手接过袋子，看着里面的东西："真的是剃须刀……"

"去把胡子剃一剃。我们等你。"片山说。

"好。"村井匆匆起身离开。十分钟后回来了。

"你多大年纪？"晴美开心地问。

"三十……六岁。"

"很年轻嘛。"

"好了，我们出发吧。"片山站起来。

"好！"村井也麻利地站起来。与此同时，大家听到一个熟悉的声音，石津的肚子也发出同样的声音。

"我们先去吃点儿东西，"晴美笑着说，"饿着肚子可没法战斗，对吧？"

"真拿你没办法，"片山也笑了，"石津好像也饿了，那就先吃饭吧。"

"我不是好像饿了，是真的饿了。"石津说。

他们正要离开，却见村井站在原地，痛哭流涕。

"你怎么了？"晴美惊讶地问。

村井用拳头擦眼泪，哽咽道："你们对我太好了。我只是一个小毛贼……"

"不要这样说自己，"晴美掏出一包纸巾递给他，"妄自菲薄就会一辈子没出息哦。"

村井抽出纸巾擤鼻涕："对不起……"他又一次道歉。

"好了，我们走吧。"晴美催促道。

"去吃什么？"石津迫不及待地问。

4　前台小姐

"就是这栋大楼？"片山问。

"对，我觉得就是这里，"村井点点头，"如果能去地下停车场，我就更加能确定。"

"好嘞。"

片山走向这栋四十层大楼的前台接待处。

"请问，您有什么事？"穿浅蓝色制服的前台小姐问道。

"请让我们去地下停车场看一下。"片山说。

"什么？"

"我是警察。"片山自报家门，解释说是去停车场查案。

"明白了，"前台小姐说，"等我联系停车场的负责人。"

"麻烦你。"

"请稍等……停车场是由大楼物业公司负责管理的。"前台小姐打完电话又对片山说："非常抱歉，停车场的负责人不在，我来带各位去。"

她在前台放了个"暂时离开"的牌子，说："请这边走。请问，这位猫阁下也一起去吗？"

"是的，这是警猫。"

"哦……"

"是安西小姐，对吧？"片山看着名片说。

"我叫安西怀美。坐这部电梯可以去地下二层和三层的停车场。"

村井歪着头迟疑不决："是哪一层呢？我记不清了。"的确，地下停车场每一层的构造都差不多。

"是这样的，"来到地下三层，安西怀美说，"这一层和上一层不同，防灾中心的入口在这一层。请走这边。"

"啊，那就是上一层，"村井说，"如果从这里能看到办公室，我就会远远躲开了。"

"那我们去地下二层吧，"安西怀美按下电梯按钮，"您在停车场出什么事了吗？"

"不，其实我是个偷车贼。"村井说。

"啊？"

"我不是偷车，而是专偷车里的财物。"

安西怀美无言以对，盯着村井。

"就是这附近。"村井在离电梯二十米左右处停下脚步。

"你知道那辆车停在哪个车位吗？"

"不知道，我没注意。"村井注视着脚下的水泥地面，指着一小块污渍，说："这应该是我当时流的鼻血。"

"这里发生什么事了？"安西怀美越发摸不着头脑，她望着片山等人，困惑地问。

"你记得那辆车是什么样子吗？"片山眉头紧皱，"偷车贼应该了解车型吧。"

"不好意思，我真的不了解，"村井挠挠头，"我知道是一辆大型进口车。从一开始我就不该找它下手，开那种车的人果然都不好惹。"

"你再见到那辆车能认出来吗？"

"不好说。我被痛揍一顿，早就忘了车子是什么样。"

片山他们又回到一层大厅。

"小出雪子来这里有什么事？"片山看着挂在墙上代表公司名称的一大堆牌子。这栋四十层大楼几乎每一层都有好几家公司入驻，很难一家家彻底调查。

"这件事是真的？"前台小姐安西怀美一直在旁边听着片山他们的对话，此时不禁开口发问。

"当然是真的。"

"那么……我再去问问停车场的负责人，"怀美说，"不过他们一般下午五点就下班了。我不知道他们对夜晚出入的车辆了解多少。"

"喵——"福尔摩斯叫了一声。

"哎呀，这不是天宫小姐吗？"晴美睁大双眼。从电梯出来的正是天宫亚由。

"啊……"天宫亚由停下脚步，"片山先生……你们怎么到这里来了？"

"为了查案，"片山也很吃惊，"你在这里干什么？"

"我任职的公司就在三十层。"

"哦！真巧啊！"晴美惊叹。

"那只猫……是叫福尔摩斯，对吧？"亚由蹲下来，"弘一说这只猫咪可有个性了。"

"喵呜——"福尔摩斯不置可否。

这时，前台电话响了，安西怀美急忙接起来。

"您好，这里是前台。啊，舅妈？"怀美微微皱起眉头叹息，"我不是说了嘛，不要打这个电话。我的手机号告诉您好几遍了，您都没记下来吗？"

晴美"噗嗤"笑出声来。

"看起来全世界的舅妈都一个样。"

"可不是嘛。"

片山家有位叫儿岛光枝的舅妈，把片山的婚姻大事当作自己的任务，成天张罗着给他安排相亲。

“我在工作呢，先不说这事了好不好？……我知道终身大事很重要，但是……好吧，好吧，我知道了，”怀美百般不情愿地拿出便签开始记录，“本周周日，对吧？在K酒店。下午三点？……好，我知道了。这个人又是谁介绍的啊？……哦，是儿岛女士啊……我明白，又是‘没有比这更好的对象了’，对吧？……什么？对方是刑警？……搜查一科的……片山义太郎先生？”

怀美和片山面面相觑。

“哥……”

“天啊，怎么会有这种事！”话音未落，片山的手机响了，他看向手机屏幕哀号，“不会吧！”

“哥，怎么了？”

“是儿岛舅妈打来的……喂？”片山沉默着听了一会儿电话，“我在听。对方是在前台工作的安西怀美小姐，今年二十七岁……我知道，肯定是美女。”

村井和天宫亚由在一旁静静地听着这两通电话。

“舅妈，周日见。”

“舅妈，到时K酒店见。”

怀美和片山几乎同时挂断电话，两人你看看我，我看看你，一时相视无言。

　　"真是无巧不成书！这也很有趣嘛！"晴美打破沉默。

　　片山干咳几声："这个……怎么说呢……"

　　"总之……"怀美点点头。

　　"总之，两位舅妈已经安排了周日下午三点在K酒店见面。"片山接口。

　　"喵——"

　　"真是太逗了！"天宫亚由忍俊不禁，"片山先生，没想到你这个人这么有趣。"

　　"我这个人很无趣！有趣的是我舅妈！"片山反驳道，"我都头疼死了。"

　　怀美立刻说："那个……片山先生……"

　　"怎么了？"

　　"和我相亲让你很头疼吗？"

　　片山顿时慌了神。

　　"不，我不是这个意思！我是说我舅妈让我头疼，她不管我有没有意愿就突然提出相亲的事……"

　　"所以……你是不愿和我相亲？当然，我知道，我这个人没什么可取之处……"

　　怀美情绪低落了。

　　"不，我不是说你不好。"片山努力解释。

"哥，剩下的事等到周日再慢慢说。"晴美插嘴道。

"嗯，也对。"

"但是，片山先生说不想见到我……"

"我没这么说！"片山叹口气，"我非常期待周日和你见面！"

怀美终于展开笑颜："我也是！"

"那我们先告辞。"

"各位慢走。"

片山离开大厦，哀叹道："我到底是来干吗的呀？"

村井哈哈大笑："哎，日本警界的未来真是一片光明！"

在四十层的茶点室，尾田见到了片山。

"没想到有一天我会见到真正的警视厅搜查一科的刑警！"尾田紧紧握住片山的手感叹道，"感谢片山先生拨冗与我见面！"

"尾田先生，片山先生有事要问您。"然后亚由又对片山说，"这位是我们公司开发部的团队主管尾田。"

"你好。"片山打招呼。

"那么也就是说，被害女性曾经出现在这栋大楼里？"尾田听完亚由的解释，"这可太有意思了！"

"开发部的团队一年到头彻夜加班，所以我想会不会有人曾经在这里碰到过那个女人。"亚由说。

"你不是也经常加班吗？"

"但是我加班的时间只有您的三分之一。"

"那个女人叫小出雪子？"

"是的，现年四十六岁，造访这座大楼的时候身穿奢华裘皮大衣。"

"这样的女人半夜出没这里实在很奇怪。不知她去了哪家公司。"尾田陷入沉思。

"这里除了一层和四十层，每一层都有好几家公司，"亚由说，"全部加起来，数量相当可观。"

"是这样没错，但你想想，如今企业都吝于发放加班费，所以员工一般不愿意加班到很晚。我可以打听一下哪些公司半夜还有人在工作，说不定可以查到某些线索。"尾田说。

"不过，请您一定要小心。"晴美说。

"小心？"

"没错，"片山点点头，"这是凶杀案，一名危险的凶手逍遥法外。如果你查到了可疑的公司，千万不要孤身前往调查，一定要通知警方。即使最后发现那不是我们要找的公司也无妨。"

"这样啊。"

"即使你觉得没查到什么重要信息，对方也可能会杀人灭口。请千万不要忘记，贸然行事可能会有生命危险。"

"我明白了！哎呀，越来越有现场感了。好激动！"

亚由却愁眉苦脸。

"片山先生，请放心，我会加倍留意，不会让尾田先生做傻事。"

"喂，我也在场！你就这么说你的上司？"尾田一脸无可奈何，把大家逗乐了。

5　晴日

"哥！"晴美呼唤道，"三点了！"

"知道了，"片山走出化妆间，"领带怎么都系不好。"

"你不是每天都系领带吗？"

"这倒是。不过领带这东西，越细琢磨越不会系。"

"真是的……"晴美叹口气，"好了，走吧。儿岛舅妈肯定等急了。"

周日这天，天气晴朗，万里无云。片山却不得不来到K酒店，完成舅妈强行安排的相亲。

"快点儿！在三层餐厅。"晴美催促道。

"喵——"福尔摩斯也跟着帮腔。

"知道了，知道了。"片山每次相亲，心情都很沉重，而今天的相亲与往常只有一点不同，就是"双方事前认识"。

"义太郎！这里！"儿岛光枝一眼看到片山，就大声召唤，恨不得整个餐厅的人都听见。

"惨了……"片山高高举手，表示听到了。如果举得不够高，舅妈会继续喊他的名字。

"我担心死了！以为你又临阵脱逃了！"光枝一把抓住片山的手腕。

"舅妈，我什么时候逃过？"片山反驳，"我都是因为工作的事，才不得已取消的。我可从来没有无故逃避相亲。"

"是吗？但是相亲之后拒绝对方和逃避差不多。"

"哪有这种道理！"

"义太郎啊，听我说，迄今为止我也给你介绍了不少姑娘，但是今天这个姑娘绝对是最优秀的一位！我告诉你，如果你拒绝了她，你以后也就这样了。"

"您太夸张了！"片山苦笑。

在午餐和晚餐之间，酒店餐厅提供包间用餐服务。

"现在只能点一些甜点、咖啡什么的，待会儿你要请人家吃晚餐，知道吗？"

"说不定对方不愿意呢。"

"那就看你的本事了！无论如何，你请她吃饭的时候想办法让她喝点儿酒，然后就可以直接把她带去酒店。"

"舅妈，这是教唆犯罪！"

光枝推开包间的房门。

"不好意思，让你久等了。"

片山走进房间，原本坐在桌子另一侧的安西怀美立刻站起来。她今天没穿制服，而是穿了一身简洁大方的套装。

"这位是安西怀美小姐！这位是片山义太郎！"光枝口齿清晰地大声介绍。

片山和怀美对视一眼，默契地假装初次见面，礼貌寒暄。

"我是片山。"

"我是安西怀美。"

"过来，过来，"光枝抓住晴美，把她拉到一边，"我觉得这次有戏，你觉得呢？"

"是吗？我怎么没看出来？"

"我啊，做媒做了几十年！'要成'还是'要凉'，我一眼就能看个八九不离十。"儿岛光枝信心十足。

片山义太郎和安西怀美离开包间，在酒店花园里散步。这是相亲的常规套路，双方都有些难为情。

儿岛光枝、晴美及福尔摩斯来到酒店大堂等待。

"这次肯定行，"光枝说，"婚礼上，一定要请我作为媒人发言哦。"

"但您是我们的舅妈，作为媒人发言不是很奇怪吗？"

"这有什么关系！我心心念念盼着义太郎能找到幸福，每天都惦记着这事儿……"

"好了，舅妈，先冷静！"晴美劝道，"八字还没一撇。"

"不！你注意到他们对视的眼神了吗？好像一见如故。"

某种意义上，这话没错，那两个人确实如故……只是这话晴美不能说出口。

"舅妈，我们坐一会儿吧。"晴美说。

其实，晴美对安西怀美的印象很好，她也想知道那两个人谈得如何。

"说起来，相亲的人还挺多。"片山说。

他们在花园散步，与两对男女擦肩而过，一看也是在相亲。

"对方说不定也是这么想的。"安西怀美说。

"是啊，有可能，"片山点点头，"那么，我们也按相亲的规矩，找个地方坐下聊会儿吧。"

两人在池边长凳上坐下，怀美说："儿岛女士真有意思。"

"是啊，她是热心人，尤其是在催我结婚这件事上，热心过头了。"

"她还抱怨说片山先生对自己的婚姻大事一点儿不上心。"

"别听她瞎说，"片山苦笑道，"不过我这个人的确不受女士欢迎。"

"为什么？我一直觉得你应该很有女人缘才对。"

"不，没有……该怎么说呢……"片山语无伦次。

"肯定是你眼光太高。你大概不想和我这样的交往吧？"

"没有这回事！只是……我一想到要和女性认真交往，就两腿发软……"

"这就是晴美小姐所说的女性恐惧症？"

"她倒是说得很直白。不过，我想，我不受欢迎主要是和我的职业有关。"

"因为你是刑警？"

"办案的时候需要没日没夜地工作，几天不回家是家常便饭。有时半夜也突然被叫走。"

"但是很多公司白领忙起来也是这样的。我的一个朋友有时还睡在办公室里。"

"是啊。忙起来就管不了太多，"片山说，"但刑警这份工作可能会有生命危险。当然，我们不会像电视剧里演得那么夸张，不会两队人马开枪互射什么的。但我们经常招人怨恨，有的同事曾经被揍了一顿，还有同事甚至被杀。"

"你也遇到过这种事？"

"显而易见，我还没有被杀。"

怀美笑起来，片山也笑了。

"不过，我妹妹和福尔摩斯都在场的情况下，经常会有一些麻烦事，"片山说，"明枪易躲，暗箭难防。坏人总在意想不到的时刻出手。"

"比如现在？"

"没错。比如现在突然有人从背后用棍子偷袭我，就凶多吉少了。"说着片山转过身。

一个男人正站在他身后，高举球棒，朝他狠狠砸下。

怎么回事！这是什么情况！

身体比头脑反应更快，片山猛地歪向一旁。

球棒"咣当"一声，击中片山和怀美之间的长凳，长凳表面的油漆被敲裂了。

"你干什么？"片山慌忙站起来。

"混蛋！失手了。"那个男人扔下球棒连连甩手，似乎因用力过猛，手被震麻了。

怀美双目圆睁，站起身来。

"松原先生，你干什么？"

"他是你朋友？"

"我们以前认识。松原先生，你……"

"你背叛我！"男人气势汹汹，"我不许你相亲！"

男人身穿便装，不像酒店的服务人员。他三十岁左右，面色阴沉。

"你无权管我！我不是你的妻子，也不是你的未婚妻！"怀美对那个男人怒目而视。

"你说什么？你和我在一起的时候不是说过'我永远都是你的人'？"

怀美满脸通红。

"你强词夺理！你知道我明明不是那个意思！"

"我的心没有变，你却擅自逃走了。"

"但我的心变了！你懂吗？我变得讨厌你了！"

"我不能接受。你是属于我的！"

片山干咳一声。

"不好意思，容我插句话……"

"你闭嘴！她的事，你一无所知！"

"她的事，我也许一无所知，但是我可以以伤害未遂罪逮捕你。"片山亮出警徽。

"你……是警察？"

"如假包换。"

叫松原的男人脸色一下子苍白几分。

"但是我没有打中你。我是故意打偏的……对，我根本没想打你，"松原连珠炮似的说，"怀美，我不会善罢甘休的。我一定会把你夺回来！我们会再见面的！"松原大吼着，一溜烟地跑远了。

片山和怀美在长凳旁沉默地站了一会儿。

片山捡起球棒苦笑："这是他从哪儿弄来的？"

"对不起。"怀美低着头。

"你不用道歉。那个男人……"

"他叫松原忠士。"怀美说，"忠义的忠，武士的士，据说他父亲是《忠臣藏》的超级粉丝，所以才给他起了这个名字。"

"原来如此。"

"真是太对不起了，"怀美深深鞠躬，"我们回去吧。麻烦你告诉儿岛女士，就说你不想再见面了。"

"但是，晚餐怎么办？"

"啊？"

"舅妈再三叮嘱我，无论如何都要请你吃晚餐。"

"但是……我过去的确和松原交往过……"

"这有什么关系？谁没谈过几段恋爱呢。"

"你真的不介意？"怀美目不转睛地盯着片山。

"总之，这顿晚餐请一定要赏脸。我好跟舅妈有交代。"

怀美的眼睛湿润了，她点点头："好，我们去吃晚餐。"

"时间稍微有点儿早。不过没关系，我们去外面找家餐厅吧。我对那些时髦的餐厅不了解，你来选，我们一起去。"

怀美挽住片山的胳膊。

"没问题，交给我吧。"

"快看快看！"儿岛光枝拍手。

"舅妈，看什么啊？"晴美问。

"你看义太郎他们……"

晴美和福尔摩斯转过头，见片山和安西怀美手挽手朝酒店大堂走来。

"哦，这很少见！"晴美感叹道。

"多般配的一对啊！"光枝双手交握，"我好像看到他们走上婚礼红毯的模样。"

"是吗？"晴美并没有这么激动。

"各位久等了。"怀美说。

"你们谈得怎么样？"晴美问。

"很开心！"怀美说完又补充道，"我很开心。"

"哥哥，你呢？"

"嗯，虽然差点儿被杀，但我也很开心。"

"啊？"

"没……没事，"片山摇摇头，"我们先去吃饭，吃完饭我就回家。"

"慢慢吃，"晴美笑眯眯的，"哥哥，你吃完不回家也没关系。"

"喵——"

"福尔摩斯，连你也取笑我！"

"晴美小姐，你和我们一起去吃饭吧，"怀美说，"当然，欢迎福尔摩斯一起来。"

"我可不想当电灯泡。对吧，福尔摩斯？"

"喵——"

"我们先回家了。"

"好。舅妈，我们走了。"

"义太郎！"光枝死死攥住片山的手，"你一定要牢牢把握住幸福。"

"舅妈，我的手好疼！"

"啊，对不起！还是让怀美小姐握着吧！呵呵呵……"

光枝迈着舞步离开了。

"舅妈还是老样子。"片山笑着说。

晴美目送片山和安西怀美离开酒店。

"好了，我们也回家享用美餐吧。"

"喵——"福尔摩斯扭头朝另一个方向发出叫声。晴美朝那边望去。

"哎呀，是你？"

"你好。"朝晴美低头致意的是偷车贼村井。

"你怎么到这里来了？"

"听说今天片山先生来这里相亲，我忍不住过来看一眼。"

"哦，你特地为这件事来的？"

"其实不光是为了这件事。我是来这家酒店找工作的。"

"这样啊。"

"是片山先生帮忙联系的。"

"他都没告诉我。"

"片山先生是大好人。"

"那祝你一切顺利。"

"非常感谢！"

"加油啊。福尔摩斯，我们走了。"

村井目送晴美和福尔摩斯离开，从兜里掏出记事本翻看。

"嗯……找杂务科的田中先生……"他下意识地来回张望。就在这时，一个穿西装的高大男人走过酒店大堂。

"这家伙……"就是那天晚上把自己痛揍一顿的大汉？也就是那个女人的保镖？到底是不是他？村井犹豫片刻，急忙追上去。

6　恋心

"实在对不起。"怀美端着酒杯再次对片山道歉。

"怎么了？"

"刚才松原那件事，我觉得非常抱歉。"

"别想了。吃饭吧。"

"嗯。"怀美拿起刀叉，两人开始享用美食。

"松原以前努力工作的时候并不是这样的。"怀美说。

"你们是同事？"

"不是。我是派遣员工，在目前的岗位上已经工作两年多了。派遣员工很少在一个岗位上待这么久。"

"哦，原来如此。"

"松原曾经在企划公司工作，能力很强。"

"企划公司？和天宫小姐任职的OB策划公司岂不是同一个行业？"

"对，他们差不多算同行。他当时来那栋大楼好像就是为了拜访OB策划。"

"然后你们就认识并交往了？"

"他回去的时候提出请我吃饭。因为他看起来精明、帅气，所以我立刻答应了。"怀美安静地用餐，"不久，我们一起去旅行。"

片山沉默地倾听。他并不想听别人的恋爱经历，但怀美似乎很想倾诉。她对片山诉说的时候大概也在整理内心的思绪。

"但交往之后，我渐渐发现了那个人的另一副面孔。他是个以自我为中心的人，非常任性。任何事情如果没有按照他的预期进行，他就会火冒三丈。"

"这样啊。"

"有一次我们去箱根旅行，回程是在早晨，列车因事故延误了很久。如果按照原定时间抵达东京，他就能赶上公司的会议。但列车延误，他就赶不上了。结果他对列车员大发雷霆，差点儿动手。我拼死拼活才劝住他。"

"这种人很多，"片山说，"他们其实最怕出错，最怕被别人抓住把柄。"

"是的，没错。然后松原给公司打电话，告知无法按时参加会议，反反复复解释说是因为列车延误了，"怀美回忆至此，不禁苦笑，"那段时间，他的工作不太顺利，经常怨天怨地怨同事。渐渐地，我也感到厌烦。"

"我能理解。"

"后来他们公司因业绩大幅下滑而裁员，他丢了工作。刚开始裁员的时候，他信心十足地宣称自己是不可或缺的骨干，开除谁也不会开除他。结果事与愿违。他受到很大的打击，一天到晚咒骂公司。我实在受不了，就提出分手。"怀美长叹一声，"他一直认定我是因为他失去了收入来源才抛弃他。直到今天，他的占有欲还是这么可怕。"

"原来如此。"

怀美再次深深低下头。

"真的对不起。"

"不，你用不着道歉，"片山说，"不过松原这个人没有对你做过更过分的事吧？"

"他倒是没有对我动过手。我没想到他会试图袭击你，他本质上是个软弱胆小的人。"

"嗯，可能也是一时冲动。但不管怎样，谁都不想无缘无故挨揍。"

怀美笑了笑。

"那么，片山先生，你愿意一直守护我吗？"

"这……这个……"片山张口结舌。

怀美大笑。

"我是开玩笑的。你不用担心，我能保护好自己。"她用力点点头。

片山松了口气，继续用餐。

"对了，片山先生，我们接下来怎么办？"怀美啜饮着餐后咖啡说。

"什么怎么办？"

"接下来是去酒店还是去我家？"

片山再一次哑口无言。

天宫亚由朝小出弘一家走去。

"真麻烦啊。"虽然弘一的母亲死得蹊跷，留下弘一很凄惨，可是亚由不明白为什么自己非要每天往他家跑。"这又不是我的错！"她迎着夜晚的冷风，抱怨的话不经意间脱口而出。

团队主管尾田曾对她说："你去他家看看也好，说不定能发现什么线索。"

"可是我也有工作要做。"她反驳。

"真是的，我不是钟点工，也不是保姆！"亚由一路走一路抱怨。

到达小出家，亚由先按门铃，再拿出钥匙开门。如果一声不响地进去，万一碰上刚洗完澡的弘一就尴尬了。

"弘一，"亚由唤道，"我是天宫。我进来了。"如果弘一在二楼房间里，就肯定能听到。

亚由往里走了几步。

咦？什么味道？她走进厨房一看，被眼前的一幕惊呆了。

弘一穿着可爱的粉红色围裙站在灶台前。

"弘一，这些都是你做的？"亚由看着桌上的饭菜。

"嗯。不过这些只需要热一热就好。你看，那个汉堡肉还是你之前买来的。"

的确，桌上摆的几乎都是冷冻食品，但那些食物盛在盘子里，再配上沙拉，看起来和亲手制作的没什么差别。

"我只煮了米饭。已经熟了，"弘一说，"你坐，马上开饭。"

"你真厉害！我……"

"好了。亚由，你这么忙，我还总让你过来。偶尔也让我犒劳一下。"

"好吧。"亚由忍俊不禁。

"笑了，真好！"

"什么？"

"你的笑容，我只见过寥寥数次。"

"是吗？"

"嗯。也许因为你的笑容难得一见，所以每看见一次就觉得特别幸福。"

"也就是说，经常看见就厌烦了，是吗？"

"我不是这个意思！"

"我开玩笑的。至少让我来泡茶吧。"亚由脱掉大衣，搭在椅背上。

"那么，我开始吃了。"两个人一起动筷。

亚由来过多次。每次她给弘一准备好饭菜、洗好衣服就回去了，像今天这样同桌吃饭还是第一次。

"真好！"弘一感叹。

"什么真好？"

"能和真正的亚由一起吃饭，真好。雅由很可爱，但我们没法一起吃饭。"

弘一能区分虚拟女友和实实在在的亚由，这让亚由觉得弘一正在一点点改变自己。

"真好吃！"

"嗯。亚由你做饭很厉害。"

"喂，你是在讽刺我吗？我每次都是把冷冻食品加热一下就摆上桌，"亚由笑着说，又问："弘一，你的头发通常怎么打理？"

弘一的头发干燥、粗糙。虽然只有二十四岁，却已经有白头发了。

"哦，以前妈妈偶尔会帮我理发。"

"这样啊。你一次都没去过美发店？"

"没有。"弘一微微垂下眼。

"这样吧，吃完饭，我们去美发店！"

"啊？这么晚了……"

"有的店会开到很晚，肯定来得及。"

亚由莫名地感到一阵雀跃。

"头发这么长，很久没打理了吧？"美发师的手指在弘一的发间梳理。

"是的，他生病了，一直没法出门。"一旁的亚由说。

"这样啊。很抱歉我刚才说了失礼的话。"

"没关系，"弘一开口了，"要染成原本的黑色吗？"

弘一也对自己的白发有些在意。不，也许是因为亚由硬拉他出门理发，他才注意到。

"没关系，你还年轻，不用染黑。以后请注意多补充营养，洗头时手法要温柔。"

这是亚由经常光顾的美发师，今年三十多岁，技艺出众。

他麻利地用剪刀把弘一的头发大幅剪短。

"弘一，你现在的发型精神多了。"亚由说。

"我也觉得脑袋轻松了。"弘一害羞地说。

"因为剪掉了很多。"美发师说。

"真的，你看脚下，头发都堆满了。"

"好了，我们来洗头。我要转方向了。"美发师把椅子转一圈向后放倒，给弘一洗头。

亚由看着弘一的一举一动，心里涌动着不可思议的感觉。她曾想过赶快和这个不靠谱又麻烦的男人彻底一刀两断。不，应该说，直到现在她也没有放弃这个念头。但是看着在她的引导下走出家门融入人群在美发店洗头的弘一，亚由不能否认自己内心涌动着莫名的感动（这样说也许有些夸张）。

当然，这并非"恋爱的感觉"。爱上弘一？怎么可能？

"热不热？"美发师一边用水冲洗弘一的头发一边询问。

"什么？"

"我是说，水温合适吗？"

弘一有些不知所措："嗯，挺合适。"

美发师仔细地把洗发水冲洗干净。

"你的发质本身很好，头发很柔顺。稍微染一染怎么样？我觉得明亮的橘色很适合你，会显得很有活力，"说到这里，美发师突然停下动作，"怎么了？我是不是弄疼你了？"

"出什么事了？"亚由赶忙过来询问。

弘一哭了。他仰面躺在椅子上，大颗的泪滴从脸颊滚落。

"弘一，你怎么了？"

"对不起……"弘一用围在脖子上的毛巾擦眼泪，"刚才他称赞了我的头发，我好高兴。除了妈妈，从来没有人称赞过我。"

"这样啊，"亚由轻轻握住弘一的手，"弘一，你有很多地方值得被称赞。要有自信，好不好？"

"亚由，谢谢你。"弘一又擦擦眼泪，对美发师说："对不起，请继续。"

"好的。身体放松一点儿哦。"

"嗯。我觉得非常舒服。"弘一闭上眼睛。

洗完头，美发师对亚由小声说："怎么办？他睡着了。"

"是吗？"亚由凑近端详弘一纯真的睡颜，他像孩子一样睡得很甜。

"他好几年没出家门了，今天可能太累了。"

"真不忍心叫醒他。"美发师微笑。

"但是总不能让他一觉睡到天亮吧，"亚由拍拍弘一的肩膀，"弘一，醒醒。"

弘一睁开眼睛说："妈妈，怎么了？"

"弘一，是我啊，天宫亚由。"经亚由提醒，弘一才想起自己身在何处。

"哦，对不起，"弘一移开视线，"我把你当成妈妈了。真对不起。"

亚由笑了。

"我有那么温柔吗？好了，起来吧。"

"好，我们把头发染一染。"美发师说。

"久等了。"美发师说。

亚由从随便翻看的时尚杂志上抬起头，一下子瞪大眼睛。

"天啊，太帅了吧！"弘一的头发染了一层浅橘色，看起来比二十四岁的实际年龄还要年轻。

"我……好像变得不像自己了。"弘一照着镜子，害羞地拨弄头发。

"没这回事！这个发色非常适合你，"亚由说，"头发打理好了，接下来该改变穿着了。"

但是时间已经很晚，商店都关门了。

"我们明天白天再出来一趟吧。"亚由握住弘一的手。

弘一对美发师说："非常感谢。"

在回家的计程车上，弘一说："亚由，谢谢你。"

"没事。你能出门，我也很高兴。"

"嗯。如果妈妈还活着，她也会很高兴吧。"

"是啊。"亚由看到弘一的眼睛湿润了。真是个温柔的人！亚由心里一热。

"今天我还得回公司。"亚由低声说。

"你可真忙。"

"是啊。不过我很喜欢这份工作。"

"你这么忙，还要抽空陪我。谢谢。"

"没事。这是我提议的嘛。"亚由说。

他们很快到家了。

"那我直接回公司了。你带钥匙了吧？"

"嗯，带了。对了，车费多少钱？"

"你别管了。公司报销。"

"这样啊。"

"司机，一个在这里下车。"计程车停下来。

"晚安。"弘一下车。

"再见。"

"嗯。"

车门关闭，计程车继续向前开。弘一脸上露出略显不安的笑容，不停地挥手。亚由也向他挥手。

再转头看时，弘一仍站在门前挥着手。

亚由犹豫了一秒，果断对司机："请停车。不好意思，我要在这里下车。"她付完车费疾步往回走。

弘一站在原地看着亚由走回来："怎么了？有什么东西落在我家了？"

亚由没有回答，抓住弘一的手腕催促道："进屋！"

"等一等，我拿钥匙。"

"我来开门。"亚由想，自己一定是鬼迷心窍了。

她明明不喜欢弘一，对，不喜欢他。

那么，这是同情？没错，是同情。我只想补偿他失去的那份温情。

"工作没问题吗？"走进大门，弘一问。

"没事。"

手提包落在脚边，亚由紧紧抱住弘一，主动献上自己的双唇。

这不是爱情，不是爱情。

这是同情，没错，是同情。

"去你的房间。"亚由拉着弘一的手走上楼梯。

7　涉险

片山把安西怀美平安送回家，没有向诱惑投降。

坐计程车回家的路上，手机响了。

"我是片山。"

"我是K酒店杂务科的田中。"

片山想起为偷车贼村井介绍工作的事。

"你好，之前给你添麻烦了。"

"没事，但是村井先生今天没有来找我。"

"他没去？实在抱歉。"

"没关系，不过……刚才在酒店的地下停车场里，有人被车撞了。"

"被车撞了？"

"对。被撞的男人死了。我觉得他与村井先生很像。"

"我立刻过去。"片山让司机前往K酒店。

村井出事了？还是在停车场？这件事让片山非常在意。

路上，他打电话给晴美。

"哎呀，哥，你今天不回来住吧？"

"别瞎说。我跟你说，刚才我接到K酒店打来的电话。"

听完片山的讲述，晴美问："被撞的真是村井？"

"嗯，好像是他。"

"我在酒店见过他。"

"什么？"

"我也要去酒店！"晴美斩钉截铁地说。

片山到达酒店，掀开遮住尸体的白布。村井死相凄惨，没有瞑目。

"就是村井。肇事车辆呢？"

保安回答："不知道。今天酒店有好几场大型派对，停车场里都满了。"

"这样啊。"

"而且这些派对几乎都是同时结束，车子一辆接一辆地开出去，好不容易都走光了，就看到这个人倒在地上。"

"没有人报案，是吧？这件事说不定并不是事故。"

"也就是说……"

"可能是谋杀。"

片山打电话叫鉴证科的人过来。

"哥哥！"晴美和福尔摩斯一起来了。

"死者是村井。"

"果然是他，"晴美掀开白布查看，"怎么会这样？"

"你是在哪里见到他的？"

听了晴美的回答，片山点点头。

"他原本打算洗心革面，好好找份工作努力赚钱的。但是，他跑到停车场干什么？"

"他遇到小出雪子也是在停车场……"

"嗯，我也想到了。也许村井在酒店里碰到了某个人。"

"可能他看到了什么不该看的。"

"如果这导致他被杀，那他一定看到了不得了的东西。"

片山对保安说："我想了解一下今天那些派对的情况。"

"这得去问负责举办派对的部门。不过我觉得他们应该都下班了。"

"那我们明天再来。关于今晚的搜查，你们这里晚间的负责人是谁？"

"我这就把他叫来。"保安朝事务所跑去。

"话说回来，你和安西怀美小姐怎么样？"晴美问。

"啊？哦，我把这事儿忘了。"

"你可真行。"

"唉，我只是去相亲，却差点儿被杀。"

"被谁？怀美小姐？"晴美瞪大眼睛。

"不是她，是她的前男友。"

"怎么会这样？"

"喵——"福尔摩斯好像也吓了一跳。

"谁知道呢，反正不是我的错！"

"喂，尾田先生？"

"是亚由啊，有事吗？"

"对不起，我这边有点儿事，今晚可能回不了公司。"

"我知道了。你没事吧？"

"没事。明天我争取早点儿去公司。"

"不用，正常时间来就可以了。"

"好的。"

尾田挂断电话。

今天是周日，仍然有七八个人在公司加班。

尾田站起来向电梯厅走去。这栋大楼的电梯在深夜时分依然上上下下忙个不停。尾田陷入沉思：穿裘皮大衣的女人半夜出入这里是要去哪里？

尾田乘电梯下到一层，望着大厅墙上挂着的一排排公司名牌，她是去其中一家公司吧。

"尾田先生，您在这里干什么？"一个声音传来，尾田转过身，看到一位年轻女性站在旁边。是谁？

"真是的，"那名女性笑起来，"您不认识我了？"

"我好像在哪里见过你。"尾田苦苦思索。

"您几乎每天都会见到我啊，在四十层。"

"啊？"尾田恍然大悟，"哦！你是茶点室的……"

"对，我是茶点室的服务生。"

"对不起，我一时没认出来。不过平常你是穿制服的，和穿便服的样子不太一样。"

茶点室服务生的制服是复古风格的女仆装，十分适合她。

"没关系。尾田先生，您是了不起的大人物，日理万机，不记得我这个服务生很正常。"

"没这回事！不过，你叫什么名字？"

"我叫香川凉子，是香川县的香川。"

"好，我记住了，再也不会忘了。"这个女孩真可爱，尾田心想。

"这么晚还在营业？"

"茶点室早就打烊了，但是今天在会议室有一场小型派对。"香川凉子说。

"你们还负责这种？"

"如果对方只需要三明治之类的简单餐点，我们就可以制作。如果想吃得正式一点儿，就需要从外面请人送餐了。但无论哪种情况，饮料都需要由我们准备。"

"这我还真不知道。不过，你们这么晚了还要工作吗？"

"我应聘的时候没听说还要做这种工作，"凉子说，"但是现在经济不景气，为了多赚点儿，什么活儿都得接。"

"辛苦了。"尾田微笑。

即使在抱怨也笑靥如花。尾田不由得心疼。我怎么了？又不是十几岁的毛头小子。

"尾田先生，您也在工作吗？"凉子问。

"嗯，大概要工作到两三点。"

"凌晨两三点？太厉害了吧！您要保重身体。"

"习惯了。"

"辛苦了。那我先告辞。"凉子鞠了一躬，朝后方走去。

正门已经关闭，只有后方的便门可以进出。尾田在原地站了一会儿，突然大喊一声"香川小姐"，朝她跑过去。

凉子在便门前面停下脚步。

"怎么了？吓我一跳。"

"对不起，"尾田喘息着说，"你回家吃晚饭吗？"

"我一个人住，打算在公寓附近的便利店买便当回去。"

"吃那种东西对身体不好！我带你去一家好吃的餐厅吃

晚饭。"

"但您不是还有工作吗？"

"我得休息。而且我是主管，看着下属干活儿就行。"

"但是您去的餐厅肯定很贵吧……"

"我当然不会让你买单。我知道一家很好的餐厅，红酒非常美味。"

"但您没有理由请我吃饭。"

"没有理由也可以请你。"

"但是……"

"我绝对没有坏心眼！这还不行？"

凉子微微睁大双眼，看了尾田一会儿，然后笑了。

"尾田先生，您真是个怪人。"

"怎么怪了？"

"没人在邀请别人吃饭的时候首先声明自己‘绝对没有坏心眼’。"

"这样啊，"尾田也笑，"我说的都是实话。"

"那就恭敬不如从命了。"凉子点头道谢。

"好，我回去准备一下。你等我一会儿。"尾田说着抬腿要走。

"等一下！"

"怎么了？"

"红酒就不用了。"

"啊？"

"我十八岁，还是未成年，不能喝酒。"

"哦，这样啊，"尾田点点头，"那我们去一家甜点品种特别多的店。"

"太好了！"凉子满面笑容。

看到这样的凉子，尾田心里又是一阵心疼。

石津也来到村井被撞的停车场。

"是谋杀还是事故，很难判断。"

"但是，这也太巧了吧？"晴美说。

"我也觉得事情太凑巧。但我们没有证据证明这是谋杀，也没办法把今天在这里停车的都调查一遍。"

"也是。"

今天在这家酒店举办的派对都是商业性质的，客人来自四面八方，出席人员众多。基于这种情况，警方很难要求主办方拿出完整的出席名单。

"福尔摩斯，你要安静点儿。"晴美打开背包，福尔摩斯"嗖"地跳进去。

"啊，好沉！"

"喵——"

"福尔摩斯好像在里面待得很舒服。"

"它是很舒服。"

片山他们离开了酒店。

"很晚了，我们去喝点儿什么。"晴美提议。

"喝杯咖啡我还可以。"片山说。

"吃顿宵夜我也可以。"石津说。

"在酒店吃太贵了。我们去家庭餐厅吧。"

酒店斜对面，家庭餐厅"24小时营业"的招牌明晃晃的，十分醒目。

他们走进餐厅，服务员立刻送上五颜六色的菜单。

"一看菜单我就饿了，"晴美说，"吃点儿什么吧。"

她这么一说，片山好像也觉得一杯咖啡不够。

石津早就嚷嚷着："我本来就饿了。"

结果三个人决定吃完饭再走。

"甜点我想点芭菲，"晴美一边看菜单一边念叨，"可是，很容易长胖啊。"

就在这时，传来响彻餐厅的呼唤："义太郎！"

"舅妈，你怎么在这里？"

儿岛光枝走到他们的座位前。

"我还想问你呢。你不会是跟安西怀美小姐吵架了才来这里的吧?"

"不是!我和她愉快地吃完晚餐,又把她平安送回家。"

"没发生点儿什么?"

"舅妈,我们今天刚刚相亲。"

"也是。但你要是不抓紧,说不定会节外生枝的。"

"我们刚才在K酒店调查案件,顺路过来的。舅妈您呢?"

"我是来参加派对的。"

片山这才发现,今天儿岛光枝的确打扮得格外漂亮。

"在K酒店?"

"对。本来没打算来,但一位相熟的太太邀请我,说'可以免费吃大餐哦',我就决定来了。"

"您刚才一直待在K酒店?"

"没有,两小时前就结束了,但那位太太提议找个地方聊天,我们就到这里来了。"

光枝朝不远处的桌子挥挥手,一位与她年龄相仿的女性笑眯眯地朝她挥手。

"真巧,"晴美说,"我们正要吃饭。"

"那你们慢慢吃。哦,对了,酒店发生什么事了?"光枝似乎不太想离开。

"酒店的地下停车场里有人被车撞了。遇害者是我认识的。"片山说。

"哎哟，"光枝皱起眉头，"太可怜了。"

"是啊，好好的一个人……"

"原来那个人死了啊，太惨了！……好了，义太郎，我先走了。"

"舅妈，您刚才的话是什么意思？"晴美出声阻止。

"嗯？什么话？"

"你说'原来那个人死了啊'，对吧？"

"对啊。"

"你认识那个人？"

"怎么可能！我只是碰巧目击车祸现场。"

片山张口结舌。

"舅妈，您快请坐。"

"我的座位在那边。"

"我知道。您说您目击了撞车现场，是吧？"

"对，我和那位朋友都看到了。当然也有其他人在场，酒店的人很快赶到了。"

这时，光枝的朋友走过来："你在这里干什么呢？"

"刚才停车场里不是有人被车撞了吗？"

"是啊，怎么了？"

"不好意思，请问您二位都看到村井被撞的情形了？"片山插话道。

"谁是村井？"

"就是被车撞到的那个男人。"

"哎呀，是吗？我不知道他叫什么，"光枝说，"啊，对了，我来介绍一下，这位是我的朋友园井忍女士，她老公是赫赫有名的医生。"

"你太夸张了，他只是小有名气罢了。"

"您好，我是片山，这是我妹妹晴美，这是石津刑警。"

"喵——"

"还有，这是福尔摩斯。"

"天啊，这就是鼎鼎大名的福尔摩斯阁下？我总听光枝说起它的光辉事迹，一直很想见它一面。"园井喜出望外。

"谢谢，您过奖了。那么，您能说说村井的事吗？"

"谁？哦，是那个被车撞的人。真是太惨了。"

"您看到他被车撞倒的一幕了？"片山问。

"看到了。但是我离现场有一段距离，中间还隔着其他车，没看得特别清楚……"

"您看到肇事车辆了？"

"算是看到了。"

"是什么样的车？颜色？车型？能大致形容一下吗？"

"这……"光枝努力回忆，"好像是一辆黑色车子……停车场比较暗，我也说不准。而且我不懂车。你问我是什么车，我只能告诉你那就是一辆车。阿忍，你知道吗？"

"我家一般是我老公开车……"

"你家的车是奔驰，对吧？"

"那是购物用车。我老公开的是菲亚特。"

"那您一定能说一说肇事车辆的样子吧？"

"不，我说不出。"

片山大失所望。

"不过，如果撞到人，开车的肯定会被追究责任吧？"园井忍问。

"当然。"晴美说。

园井忍迟疑地说："那家一般是太太开车……"

片山瞬间瞪大双眼："'那家'是哪家？"

"就是冴岛家。我从没见过那家的丈夫开车。"

"所以说……"

"肇事车辆是冴岛家的车。我不懂车子的品牌，但那的确是他家的车，没错。"

片山等人一时不知该怎么接话。

8 嫉妒

亚由睁开眼睛，视野中一片朦胧，以为自己仍在梦中。

这是哪儿？

天花板的样子很陌生，怎么看都不像是自己的房间。也不像公司的会议室。

意识渐渐恢复。虽然屋里光线昏暗，她还是认出了这个地方。这是弘一的房间，旁边是他的电脑和椅子。

我和小出弘一上床了！亚由从床上坐起。弘一不在身边。

几点了？亚由爬下床，穿上丢弃在一旁的衣服，从包里拿出手机。她看到时间后大吃一惊，竟然已经是中午十二点多了。"完了！"现在去公司，不知尾田会说什么……但奇怪的是，没有一个来电记录，也没有一封邮件。

她给同事打电话。

"喂，小樱吗？不好意思，我睡过头了。"

"没关系。尾田先生也没来。"

"什么？他昨晚加班太晚了？"

"听说，昨天晚上，尾田先生和一个女孩出去之后再没有回来。"

"啊？"

"不要大惊小怪。大家都说尾田先生也是男人嘛。"

"他一直没来公司？"

"对。所以你用不着担心。"

"谢谢。我下午去公司。"亚由挂断电话。

尾田先生居然和女孩外宿？这件事令亚由震惊，又对尾田的人品略感失望。不过事情是真是假尚未可知。

刚才小樱说尾田先生"和一个女孩出去了"，也就是说大家都看到那个女孩了？到了公司之后一定要确认一下。

"亚由，你起床了？"门外传来弘一的声音。

"我起来了！"亚由大声回应。

房门打开了，弘一走进来。他顶着一头橘色头发，表情非常愉快，看上去与以前判若两人。

"早安。"弘一说。

"早安。不过，已经是中午了。"不知为什么，亚由不敢看弘一的眼睛。她移开视线，在包里毫无目的地乱翻。

"饿了吧？我做了火腿蛋和炒蛋。"

"你太厉害了。"

"我不知道做得好不好。你要尝尝吗？"

"当然！走吧。"亚由握住弘一的手。

盘子端正地摆在桌子上。热气腾腾的炒蛋看起来十分美味，吐司和咖啡也散发着诱人的香气。

"弘一，你真能干！我对你刮目相看了。我可做不到这么好。"亚由由衷地大声赞叹。

"我们吃吧。"弘一开心地说。

"好，我开始了。"炒蛋调味清淡，非常美味，让人胃口大开。亚由很快一扫而空，速度快得她自己都不敢相信。

"多谢款待！实在太好吃了！"

"太好了。我去洗碗。"

"你等等，至少洗碗让我来吧。要不然我不好意思再来了。"亚由说。

"那我们一起洗。"

"好。"

亚由喝光咖啡。收拾完，就必须去公司了。

"我们今天去哪里？"弘一问。

"什么？"亚由有些迷惑。

"你昨晚不是说要去给我买衣服吗？"

哦，对啊，亚由都忘了。

"我们洗完碗就去买吧。"弘一像孩子一样兴奋。一直在家里闭门不出的弘一竟然主动提出出门购物，实在是了不起的进步。看到这样的弘一，亚由下定决心，算了，等晚上再加油工作。

"好，"亚由点点头，笑着说，"那我们去原宿吧。"

"好！"

很快，他们把盘子和咖啡杯都洗完了。弘一说："我去准备一下，马上就来。"然后三步并作两步跑上二楼。

"穿什么呢？外套放哪儿了……"弘一没几件外出服，几乎没有挑选的余地，但他还是尽量选了一身比较体面的搭配。他满意地看着镜子中的自己。

昨晚发生的事，连他自己都不敢相信。

他和真实的亚由度过了无比美妙的一夜。他曾经以为自己永远不会有这种机会了。昨晚一直是亚由在主导，但弘一仍然感到巨大的幸福，也让亚由感到了幸福。这份自信让弘一彻底改变了。

就在他准备离开房间的时候，一个呼唤阻止了他的脚步："弘一。"

"雅由……"电脑屏幕上出现了雅由的身影。

"弘一，你不理人家了。"雅由微微侧着头，神情落寞。

"对不起，"弘一在电脑前坐下，"我现在要出门。"

"你是不是厌烦人家了？"电脑中的少女斜睨弘一。

"对不起，我要关机了。"

"你爱上别人了，是不是？"雅由指责道，好像她真的是弘一的女朋友。

"亚由在等我。再见。"弘一切断电源，画面消失了。他觉得自己好像真的甩了一个女孩，心里有些难过。

"不能胡思乱想，得走了。"弘一快步离开房间，跑下楼，"亚由，对不起，让你久等了！"

弘一和亚由出门后，家中恢复寂静。然后……弘一房间里的电脑屏幕又亮了。

"弘一，"雅由说，"拜托你，跟我说说话。"

然而房间里只有雅由的声音在飘荡。

一郎很快就要回来了。

尾田英子想，今天要不要出门购物？

她打开冰箱查看库存。"嗯，还是去一趟吧。"这个时间，超市正好人少。这时，英子的手机响了，她接起电话。

"英子吗？"

"老公，怎么了？"

"没什么……我昨晚没能回家，所以给你打个电话。"

"没事，我知道你忙，"英子笑着说，"不是总这样嘛。"

"嗯……也是，"尾田说，"一郎回家了吗？"

"还没，应该快回来了。"英子说，"你今晚回来吗？"

"嗯，大概会回来……不，我一定会回来。"

"你这么说可真少见。一定要回来啊，别让我们白等。"

"嗯，那我挂了。"

"好，你也别太累了。"

英子挂断电话，耸耸肩。

"突然打电话来，这人怎么回事啊？"

丈夫身为团队主管，工作繁忙，连续数日加班晚归是常有的事，有时甚至干脆在公司过夜，或者在公司附近的商务酒店住一宿。英子早就习惯了。

儿子一郎已经七岁了，也习惯了老爸终日不归。前些日子，尾田难得周末在家，儿子看到他，突然蹦出一句不知从哪儿学来的客套话："父亲，真是久违了。"令尾田错愕万分。

"现在去超市，如果抓紧点儿，应该能赶在一郎回家之前回来。"英子一边寻思，一边麻利地收拾停当，走出家门。

她开着小型车只花了几分钟就到达超市。其实稍远处还有一家更大、更便宜的超市，但是今天速战速决、赶紧回家才是最重要的。

买完必要的东西，归心似箭的英子朝停车场走去。当她把车开出停车场的时候，发现路上好像发生了交通事故，警车封锁了车道，车辆只能轮流从单侧通行。英子心急如焚，却也无可奈何。今天出乎意料的事赶到一块儿了，先是丈夫突然打来电话，然后是交通事故。对了……英子脸上血色尽失，她猛然意识到丈夫给她打电话可能是事出有因。

凉子还在熟睡。

尾田坐在沙发上，眼睛一眨不眨，盯着凉子的睡颜。说不后悔肯定是假的。但是尾田又觉得这一切都是顺水推舟，再自然不过。

尾田并没有醉得很厉害。他并不是在烂醉如泥、不省人事的情况下稀里糊涂地和这个女孩发生关系的。

他们吃完饭，尾田既没有发出邀约，也没有甜言蜜语地哄诱。他们一起坐上出租车，来到这家酒店开了房。自始至终，尾田什么也没说，凉子沉默地跟着他来了，然后……

尾田长叹一声："这都是什么事儿啊。"他从不觉得自己是个随便的男人，而且他和英子的关系也不算冷淡。然而他不得不承认，凉子年轻娇嫩的身体令他心猿意马。

"你在想什么？"

尾田一下子回过神来，凉子正朝他微笑。

"你醒了？"

"睡得真好！"凉子舒展身体，"天哪，这么晚了！"

"上班会迟到吗？"

"没关系，我今天休假。"凉子说。

"这样啊。"

"嗯。"

"怎么了？"

"您刚才是不是在打电话？我迷迷糊糊中好像听到了。"

"是啊，给家里打了个电话。"

"打给太太？"

"嗯。"

凉子微微歪着头，问："尾田先生，您应该经常在公司过夜吧？"

"是啊，忙的时候是难免的。"

"那种时候，您会给太太打电话吗？"

"不会，我老婆了解我的工作习惯。"

"所以，您给她打电话就糟了。太太肯定会想，为什么平时不打电话，偏偏今天要特意打电话？"

经她一说，尾田也觉得不妙。

"唉，一时心虚就打了电话。"

"因为您是个认真负责的男人，"凉子笑着说，"您最好提前想好借口。反正我是不会说出去的。"

尾田苦笑："你倒是很镇静，对这种状况习以为常吗？"

"真是的！过分了！说得人家好像水性杨花的狐狸精。"

"不是，我不是这个意思……"

"我啊，只和喜欢的人这么做。无论那个人是钻石王老五还是有孙辈的，我都无所谓。"

这种人生态度是尾田学不来的。

"但是我觉得和尾田先生好像格外合拍，"凉子从床上起身，"我还是第一次碰到这么棒的伴侣。"

凉子明艳动人的肌肤一览无余，尾田的心"怦怦"直跳。

"喂，你穿上衣服好不好……"说着，他抓起沙发上的浴袍递给凉子。

"您是害羞了吗？好可爱！"

"不要嘲笑成年人！"

"我也是成年人啊。如果我还没成年，尾田先生会被抓进警局的，"凉子用浴袍遮住胸口，"说不定我会把您从您太太手里夺过来。"

尾田盯着凉子貌似天真无邪的笑容，半晌说不出话来。

9　盗窃案

"不好意思，让二位久等了。"男人看上去很自信。

"您是冴岛五郎先生吧？"片山说。

"是的。这么说，车子找到了？"

听了冴岛的话，片山和石津对视一眼。

"您说什么找到了？"

"你们不是因为那件事来的？我还以为肯定是车子的事。"冴岛五郎是东京排名第一的私立医院的院长。他今年五十二岁，精力充沛，看上去比实际年龄年轻很多。

片山他们一早就来到冴岛的住宅，是一座现代风格的三层建筑。

"那你们到底为何而来呢？"冴岛问。

片山给他讲述了村井在酒店停车场被撞的事。

"有人说，肇事车辆是贵府的车，所以我们今天想来查看一下。"

"你说我家的车撞人了？"冴岛微笑道，"一定是别人看错了。我怎么不知道撞了人？而且如果有人受伤，我绝不会放任不管，毕竟我是医生。"

"这么说，当时您在酒店？"

"是的，没错。"

"开车的是您的夫人？"

"是。我经常在派对上喝两杯，开车一般拜托我太太。"

"是这样啊。我们能不能查看一下您的车？"

"太遗憾了，车子不在。"

"什么意思？"

"昨夜被偷了。"

片山一时说不出话来。

这时，房门打开，一个用人模样的年轻姑娘推着推车走进来。她把咖啡放在片山他们面前，并在托盘上放上饼干。

"小夜子，你去把太太叫来。"冴岛说。

"好。"叫小夜子的姑娘走出去。

很快，一位四十岁上下的女性走进客厅。

"老公，车子找到了？"

"唉，这件事很奇怪。对了，这是我太太真弓。"

冴岛夫人听完丈夫的讲述，火冒三丈："我什么时候撞人了？不可能！是谁说的？"

片山没有回答她："您说您家的车被偷了……"

"昨晚我们从派对回来，想打开大门开车进来，"冴岛说，"但是遥控器出故障了，打不开。没办法，我太太只好下车用钥匙打开侧门，进入家中，再从里面打开大门……"

"我很少这么做，不知该怎么打开，"真弓说，"无奈之下，我只好给老公打手机，向他求助。"

"然后，我进入家中，通过操控面板把大门打开。当我回到门口想把车子开进去的时候，却发现车子不见了，"冴岛摇摇头，"我以为离开的时间很短，就没拔车钥匙。谁知道有人趁这空当把车偷走了。"

"是这样啊。"

"车里还有我的裘皮披肩，"真弓眉头紧皱，"价值两百万呢。"

"总之，我觉得宜早不宜迟，就马上报警了。"冴岛说。

"你们赶快把车找回来啊！我很喜欢那条披肩。"真弓噘起嘴抱怨。

"我得去上班了，"亚由说，"否则就要被开除了。"

"嗯，也是。"小出弘一仿佛事不关己地说。他手里提的纸袋里装着之前穿的衣服。

"弘一，你看起来帅极了。"亚由说。

"是你的品位好。"弘一显得很高兴。

亚由松了口气。她花了两个多小时陪弘一买衣服。如果她说要去上班，弘一会有什么反应？亚由有些不安。

"弘一，你能一个人打车回家吧？"

"嗯，当然没问题。"

"那我从这里回公司了。"

"嗯，晚饭的时候会回来吧？"

亚由顿了顿，迟疑地说："这个……不好说。我得先回公司看看情况才能决定。"

"我会好好想想今晚的菜谱，"弘一说，"相信你一定会喜欢的。"

"我会喜欢的。我尽量回来。好了，我走了，到公司再打电话告诉你，好吗？"

"嗯……"弘一脸上的笑容消失了，"你的工作很忙，对吧？"

"是的。你明白就好，不能总是麻烦别人。"

听到"麻烦"这个词，弘一的表情一僵。

"亚由，你觉得我麻烦？我是不是给你添了很多麻烦？"

"我不是这个意思。我不是说你添了麻烦，"亚由立刻解释道，"我是说我给同一团队的同事添了很多麻烦。我不在公司，他们的负担就增多了。你明白吧？"

"你的同事比我重要很多吧？"弘一眼神黯淡。

"没这回事！你想想昨晚，如果我认为你不重要，会和你做那种事吗？"

听了亚由的话，弘一似乎稍微放心："这样的话，今晚要回来吃晚饭。"

亚由只好投降："好吧。"

"一定要回来。"弘一终于展露笑颜。

"知道了。我走了。"大不了吃完晚饭再回公司。

亚由拦下一辆空车把弘一送上车。计程车开走后，亚由长叹一声，快步离开。

"没错，昨晚警局接到他家车子失窃的报案。"石津说。

"太可疑了，"片山愁眉苦脸地说，"车子不会被他们处理掉了吧？"

"有可能，也许是为了不让我们进行调查。"

然而，他们无法断定冴岛夫妇在说谎。

"总之先找到车子，"片山说，"先在他家附近找找有没有目击证人。"

"好。"

也许有人故意让村井死于冴岛家的车下。若是真有这个人，他就是片山要追踪的对象。

"石津，你单独去查找目击证人，可以吧？"

"没问题。你呢？"

"我去那栋大楼一家一家询问那里的公司。"片山说。

"腿脚要受累了。"

"没办法啊。"

"好在有电梯。"石津安慰人的方法总是别出心裁。

"院长。"

听到背后的招呼声，冴岛五郎转过头："什么事？"

叫住他的是医院的事务长内山，像往常一样不住地擦拭汗水。他体形肥胖，即使在冬天也总是满头大汗。

"关于前几天说的电脑备份文件……"

"哦，这事儿就全权交给你了，我一窍不通。"冴岛说。

"这样啊。那我先把业务员找来……"

"你想怎么做就怎么做，决定之后告诉我一声就好了。"

"明白了。"

见冴岛要走，内山又拦住他。

"院长，事务处的千叶今天外出。"

"千叶？"

"千叶志帆。她说是为了帮院长办事……"

"哦，是她啊。对，我有些麻烦的手续需要办理，她说跟律师事务所那边的人很熟，我就拜托她帮我处理一下。你适当给她些跑腿费。"

"这样啊。就照院长说的办。"

"好，拜托你了。"

冴岛走进院长办公室，倒在沙发里发出长长的叹息。这时，他的手机响了。

"喂，我是冴岛。"

"我是千叶。"手机中传来明快的女性声音。

"辛苦你了。事情办得怎么样？"

"差不多谈好了，但是价格还要交涉一下。"

"钱不是问题，"冴岛说，"我希望尽快处理好。"

"明白了。但如果我们这边过于心急，对方就会抓住弱点，得寸进尺，说不定还会探查我们的秘密，威胁我们。"

冴岛一惊。

"有道理。那么一切交给你了，你看着办。"

"好，请放心。我说是我手头紧才偷的，对方似乎信了。"

"拜托了。"

"嗯。我争取在今天之内把事情全部办妥。"千叶说。

"太麻烦你了。我一定会好好感谢你。"

"能给院长帮忙，是我的荣幸。"

"那可不行，我一定要送你一份大礼。"

"等我把事情处理好，请我吃法国大餐吧。"

"这太简单了。"冴岛微笑着说。

"我会再联系您的。到时候我会发一条短信说'手续办妥'，您不需要回复。"

"谢谢。"冴岛挂断电话，总算松了口气。他对秘书说："给我倒杯咖啡。"

那天，冴岛在派对上喝得酩酊大醉，一上车就睡着了。像往常那样由妻子真弓开车。

他醒来时，车停在一条黑漆漆的陌生小路上。他以为妻子迷路了，却发现真弓面色惨白，不停地发抖。

"我撞到人了。就在酒店的停车场。"听了妻子的话，冴岛吓呆了。

车子表面没有明显的划痕，冴岛决定设法隐瞒此事。真弓肯定不能去自首。

冴岛自己把车开回家。他想，如果警察来检查车子，这件事肯定瞒不下去，怎么办？这时，他突然想起千叶志帆。

当天半夜，他把志帆叫来商议。志帆当即提议："伪装成车子被盗。我来处理。"

"怎么伪装?"

"我知道一些团伙专门把偷来的车子拆解成零部件卖掉，警方很难追踪到。"

于是冴岛把车钥匙交给志帆，让她全权负责。

"请您立刻报警。"志帆说。

"这样没问题吗?"

"如果不立刻报警，警方会怀疑的。这样做绝对没错。"

"好吧，"冴岛犹豫片刻，"但是你好不容易才摆脱过去那些狐朋狗友，现在又要……"

"他们早晚会找上我，"志帆说，"夫人还好吧?"

"睡着了。吃了药，睡得很熟。"

"这样啊。那您也早点儿休息。"

"嗯……"

千叶志帆曾是不良团伙的成员，嗑了药，被送到冴岛的医院抢救。冴岛把她从鬼门关救了回来。她醒来后，冴岛朝她怒吼："下次再这样你就死定了!"志帆还是第一次遇见当面怒斥自己的人，从此对冴岛产生了仰慕之情。痊愈后，她留在医院的事务处工作。

希望一切能干净利落地处理妥当。冴岛想看看桌上的文件，却一时看不进去。

敲门声响起，秘书探进头来："院长，夫人来了。"

话音未落，真弓已走进办公室。

"你来干什么？"

"我一个人待不住。"

"你啊……"话说到一半，冴岛转向秘书，"给夫人也倒杯咖啡。"

办公室的门一关上，冴岛就发话了："我让你在家老实待着。这件事交给我。"

"但是我不放心。那个女孩呢？"

"你说千叶？她刚才打电话说事情进展得很顺利。"

"这样啊。"

"你不用担心。你到处乱跑反而会惹人注意，那个刑警也会生疑的。"

"你不是说车子处理掉就没关系了嘛。"

"千叶正在努力处理车子的事啊。"

"老公……"真弓欲言又止。

"怎么了？"

"真的可以信任那个女孩吗？"

冴岛一时语塞。这时，秘书把两杯咖啡送进来。秘书离开后，冴岛开口："你怀疑千叶？"

"考虑到她以前的那些事……"

冴岛长叹："的确，那姑娘曾和不良团伙鬼混，还有嗑药的前科。但她在事务处做事很认真，你不要疑神疑鬼。"

"那女孩握住了我们的把柄，说不定以后会敲诈我们。"

冴岛呆住了。

"她不会这么做。你放心。"

"但是……"

"相信我，不用担心。"冴岛边喝咖啡边说。

真弓神情烦躁，也喝了一口咖啡。

"好吧，这次没有别的办法。不过等这件事过去，你立刻把她开除。"

"你说什么？"

"她跟你太接近了，我很不高兴。明白吗？"

"你……"冴岛转念又说，"好吧，都交给我。"

"你要保证。"真弓不依不饶。

"你好烦。"

"只有把那女孩赶走，我才安心。你要保证开除她。"

冴岛张嘴又闭上，啜饮了几口咖啡，说："好，我保证。"

"这就对了，"真弓舒了口气，"我回家了。"

"嗯。"

在利害攸关的事情上，丈夫听从了自己的意见，真弓神清气爽地离开了办公室。

冴岛看着妻子用过的咖啡杯愣了一会儿。

这时，他的手机响起短信提示音，是千叶志帆发来的，只有一行"手续办妥"。冴岛马上拨通志帆的电话。

"喂？"

"辛苦了。这件事很棘手吧？"

"没关系，请您不要担心，"志帆说，"我已经亲自监督他们把车子拆成了零部件。"

"这样啊，那我就放心了。"

"卖零件的钱，我明天给您带回去。"

"不用了，你自己留着。这笔钱是你应得的。"

"这怎么行？拿了钱，我不就真成偷车贼了？"

"好吧，如果留下这笔钱让你心里不舒服，那我以后再给你准备其他谢礼。"

"我平时领的工资就足够了。"

"你可真是无欲无求，"冴岛笑着说，"好吧，以后我请你吃法国大餐，这是我们说好的。"

"太感谢您了！"

"你看今晚怎么样？"

"今晚？我没有别的安排。"

"那你把今晚的时间空出来。那边的事全部办妥之后，给我打电话。"

"明白了。还有，院长……"

"什么事？"

"吃法国菜可以用筷子吗？"

冴岛听了哈哈大笑。

真弓要求他把志帆开除时，冴岛才第一次意识到志帆是个女人。这一刻，他因志帆天真的话语而笑出声时，更进一步下定决心：要把这个女孩占为己有。

10 破框而出

即使大楼里有电梯，这份差事也太累人了。

片山逐个排查这栋大楼里的公司，想找出有没有谁与被害人小出雪子有关联。

精疲力尽的片山站在电梯前等待。很快，电梯门打开了，他看到一个熟人。

"哦，是你。"

"片山先生！"电梯里的是片山的相亲对象安西怀美，她是这栋大楼的前台接待员。

"你怎么来了？"

"你在工作？"

"我刚才去办事，现在打算回去。"

"这样啊。"

"片山先生，你要上楼吗？"

"我有点儿累，想上楼喝杯咖啡。"

"那我也一起去。我想吃个三明治。"

意料之外的相遇让怀美心花怒放，她高兴地挽起片山的手臂。片山有些害羞，但没有抗拒。

他们来到茶点室，在窗边的座位就坐。

"实在对不起。"片山说。

"为什么突然道歉？"

"怎么说呢，上次相亲之后一直没有联系你……"

"你工作忙嘛。但是我好高兴，没想到能在这里遇见。"

"嗯……那我也点份三明治吧。"

"那个案子查到什么线索了？"点完餐，怀美问道。

"完全没有。现在还不知道被害人小出雪子与这栋楼里的公司有什么联系……不对，等一下！"

"怎么了？"

"我突然想到她不一定是和这里的公司有什么联系，说不定是和这间茶点室有联系。"说着，片山叫来服务生。

"我想打听一件事。"

满脸困惑的服务生听完片山的话。

"你说穿裘皮大衣的女人？"她想了一会儿，"我没见过这样的人。这里一般只营业到下午六点。"

"这样啊。那没事了，麻烦你了。"

服务生好像又想起了什么。

"不过，有时这里晚上会举行派对。"

"在这里举行？"

"有时在这里，有时在下面的楼层，我们负责把饮料和简餐送过去。不过我只在这里打工，没有让我晚上加班。"

"原来如此。"

"但凉子可能了解情况。"

"凉子？"

"她也在这里工作，虽然比我年轻，但特别能干。她今天好像休假。"

"那她明天上班吗？"

"应该上班。她叫香川凉子。"

"谢谢你。"片山把这条信息记在本子上。

"你什么都要记下来啊。"安西怀美说。

"是啊，可能是职业病。有时貌似不起眼的小信息会成为破案的关键。"

"真是脚踏实地。你们的工作是不是和电视剧里演的完全不一样？"

"工作时间长、没有休假、工资低这些方面，和电视剧里演的一模一样，"片山一本正经，"不过这些好像不应该告诉相亲对象。"

怀美笑出声："不好意思。"

"没事，没关系……"片山有些害羞。

他看了看记下的名字"香川凉子"，又把刚才那个服务生叫过来。

"请问有什么事？"

"如果可以的话，我现在就想找这个人问话。你知道她的联系方式吗？"

"嗯，这个……"服务生迟疑不决。

"她应该知道香川凉子的手机号码，"怀美插话，"她只是在犹豫是不是应该告诉刑警。"

片山被她点醒，马上说："如果你不方便告诉我，就用你的手机给她打个电话，等接通了再交给我。"

"好。"

服务生掏出自己的手机开始拨号，等了一会儿："好像没人接听……啊，喂，是凉子吗？对不起，在你休假的时候打扰你。"她说明事情原委，把手机递给片山。

"谢谢你……喂，我是片山……"

"哦，我记得你。"

"啊？"

"你和尾田先生聊过，对吧？"

"对，你记性真好。"

"我很擅长记住名字和面孔，"香川凉子说，"那时你们聊的内容我听到几句。是关于那个案件？"

"是的。刚才这里的服务生告诉我……"

听完片山的话，凉子思考片刻。

"没错，有时深夜我们还要负责为一些公司准备咖啡和简餐，并给他们送去。"

"你知道是送去哪家公司吗？有几家？"

"好像有两三家公司把晚上加班当成家常便饭。"

"这些公司叫什么名称？"

"我一时想不起来。我现在回去查一下记录吧。"

"你不是在休假？"

"反正也休不了。我准备一下就出门，你等我四十分钟左右。"凉子说。

时间还早。

小出弘一回到家，走上二楼。

准备晚饭没什么大不了，但一想到能和亚由共同用餐，他就感到无比快乐。

说实话，他很清楚亚由工作繁忙。尽管如此，他仍死缠烂打要求亚由晚上过来，当然并不仅仅是为了一起吃晚饭。

晚饭后，他将和亚由走入卧室重温欢愉。想到这里，弘一的心就"扑通扑通"跳个不停。

弘一躺在床上，鼻尖仿佛萦绕着昨夜的暧昧气息，两颊烧得通红。

亚由是爱我的！

我一定是在做梦！天底下怎么会有如此幸福的感觉！

弘一回味着亚由光洁的肌肤、柔软的触感，一时心荡神驰。女人，是造物的奇迹。

他打了个大呵欠。如果亚由能一直在他身边就好了。没错，如果和亚由在一起，他就不排斥外出活动，不排斥和陌生人见面交流。

"亚由……"弘一低语，"我好爱你！"

这时，传来"呜"的一声轻响，很熟悉。

怎么回事？但是，这不可能啊。

没有启动的电脑屏幕自行亮了，屏幕上出现的是雅由。

"雅由……"弘一从床上起来。

"你太过分了！"雅由说。

"雅由……你这是怎么了？"

"弘一是负心汉！"

弘一疑惑不解。雅由突然出现在电脑屏幕上，还说出这种话，这不是程序设定的。

"我都知道了。"

"你知道什么？"

"都是那个女人的错。她把你迷得神魂颠倒，所以你把我抛弃了！"

雅由以幽怨的眼神怒视弘一。他从未见过这样的雅由。以前如果长时间不召唤她，她虽会抱怨，但是今天的雅由与往常截然不同，她眼中的怨恨远远超过了虚拟人的限度。

"我说，雅由，你要理解，我有了现实中的恋人。当然，我很感谢你的陪伴，这些年来，是你一直安慰我……"

"我知道，"雅由打断他，"昨晚你和那个女人在这里做的好事，我都看得一清二楚。"

"你说什么？"

"你说你有了现实中的恋人？那个女人算什么？我对你的爱比她不知道多了多少倍！"

现在的雅由已经不是那个可爱的女高中生了。

弘一呆若木鸡："雅由，你……"

突然，弘一身后传来说话声："我就在这里！"屏幕上的雅由消失了。

"不可能！"

这个声音，这个从身后传来的声音，听起来就是……

弘一慢慢转身，身穿夏款水手服的雅由站在那里。

这一定是梦？

"我不能原谅你，"雅由说，"你怎么能抛弃我！"

"雅由，你……你是真的？"

"现实中的恋人有什么好？"雅由对弘一怒目而视，"昨晚你能和她做那种事，那你应该也能和我做同样的事。"

弘一呆立原地，眼睁睁地看着雅由一件件脱下水手服。

"别这样！"弘一颤抖地大喊，"别……别这么做。"

"是你逼我的，"雅由的裙子滑落在脚边，"如果不是你，我就不会变成今天这样，不是吗？"

"求求你别这样！你一直纯洁可爱、超凡脱俗……"

"你别胡说八道了！"半裸的雅由站在那里，"你每次看到电脑中的我，不是满脑子色眯眯的想法吗？不是想看看这个女孩脱光的样子吗？我说得不对吗？"

"雅由，那是……"

"现在我让你为所欲为还不行吗？"雅由朝弘一靠近，她是活生生的人。

弘一跌坐在椅子上，视野完全被雅由雪白的胴体挡住了。

"好了，我是你的人了。"雅由对他说。

"弘一，不好意思，我回来晚了……弘一？"亚由走进玄关大声招呼道。她往厨房走去，那里没有开灯，晚饭也没有准备好。

工作堆积如山，亚由忙到晚上九点多才告一段落，其间连给弘一打电话的时间都没有。她担心弘一会着急，可是再怎么担心，自己也不能做到一半扔下工作就走。

"弘一，你在楼上吗？"亚由走上楼梯，敲敲门，"弘一，是我，我进来了。"她打开卧室的门，白晃晃的电脑屏幕映入眼帘。

"弘一，你在哪里？"亚由走进房间，脚下被什么东西绊住了。她蹲下把那东西捡起来一看，是弘一的衬衫。

"弘一，你到底在哪里？"亚由的视线转向床铺，有人刚刚在上面躺过。亚由眉头紧皱，谁在床上躺过？当然是弘一，除了他还能有谁？

走近床边，她才看到床角有人全身蒙着被子，缩成一团躲在里面。

"弘一，你怎么了？"亚由掀开被子，被眼前的景象吓得目瞪口呆。弘一双手紧紧抱住膝盖，全身不住地战抖，身上一丝不挂。

"弘一，出什么事了？来，快把衣服穿上！"亚由想让弘一起身，他却蜷缩得更紧，不愿动弹。

"到底怎么回事？谁把你的衣服脱了？"亚由大喊。

"雅由……"

"什么？"

"雅由……"弘一嗓音沙哑。

"我就在这里啊。"

"雅由……"弘一并没有看向亚由。亚由顺着弘一的视线转过头，看着发出白光的电脑屏幕。

"弘一，电脑怎么了？"

"雅由……"弘一只是一再重复这个名字。

雅由？难道是他在电脑里的女朋友？可那只是程序制作的图像而已。

雅由站起来打算拔掉电脑电源。

"不要！"弘一突然大吼，"不要关！"

"弘一……"

"她……不会回来了。"

"你在说什么？"

亚由束手无策，只能呆呆地看着战抖的弘一。

11 背德

"你没事吧？"冴岛问。

"没事，对不起……可能是因为喝了平时不沾的红酒。"志帆面泛潮红，躁动不安。他俩此刻正在计程车里。

"我请你吃法国大餐。"志帆办完事回来，冴岛迅速把她带到一家高档法国餐厅。的确，对志帆而言，她是第一次尝到如此美味的异国料理，一时兴起，喝了好几杯红酒。

结果她喝醉了，走路都不稳，无法自行回家，只好由冴岛打车送她回去。

"啊，那里，就是那里……"计程车差点儿驶过志帆居住的公寓楼。

"真是麻烦您了，院长……"

"没关系，"冴岛微笑，"应该是我感谢你帮了大忙。"

"您不要这么说……"志帆很高兴，她终于能稍微报答冴岛的救命之恩。

计程车停下来。"车……车费……"志帆摸索钱包。

"怎么能让你掏钱？"冴岛笑道，"不过，你能安全走回房间吗？"

"嗯……差不多……可以吧。"

"我觉得很危险。你看你东倒西歪的，摔倒了怎么办？我送你回房间。"

"怎么能这样麻烦您呢……"

"没事。走吧。"

志帆所住的公寓楼是两层的小型建筑，外观并不怎么陈旧。

"哪个是你的房间？"

"二楼，202。"

"还要上楼啊，你一个人果然太危险了。"

"对不起……"

志帆在冴岛的搀扶下，好不容易才爬上楼。

"就是这里。我的钥匙呢？"志帆从包里掏出的钥匙掉在脚边，冴岛捡起来打开门锁。

"麻烦您了，到这里就可以了。"志帆在玄关停下脚步。

"我都上来了，不请我进去坐坐吗？"

听了冴岛的话，志帆第一次露出不安的表情。

"但是……我的房间……很乱。"

"没关系。我想看看你住的地方是什么样的。"冴岛反手锁上门，自顾自地走进屋，"房间不是很整洁嘛，一个人的小日子过得很不错啊。"冴岛在房间来回打量。

"院长……"

冴岛脱下大衣扔在一边，又脱下志帆的大衣。

"我给你添了很多麻烦。"

"没有。我只想报答您的恩情。"

"只是这样就能报恩了吗？"

"您……这是什么意思？"

"我问你，只是这样就能报恩了吗？"

"我……"

冴岛一把抱住志帆。她全身僵硬，动弹不得。

"冴岛先生……"

"把自己交给我！"

"但是……"

"我不会亏待你。我会好好照顾你。"

双唇被夺去时，志帆感觉体力也流失殆尽。她听任冴岛摆布，仰头看到刺眼的灯光，此时她心里只有一个念头：不关灯怎么行？至少要把灯关上呀！

"我突然接到通知说今晚有紧急聚会，需要我们准备简餐、咖啡和红茶。"香川凉子说。

"是谁通知你的？"片山问。

"这栋大楼的物业，四十层的茶点室由物业直接经营。"

"物业直接通知你？"

"本来有一位女主管负责这些事，但她因有家事突然辞职了。现在这里除我之外没人懂得如何与供货商联系业务，只有靠我这个不成器的小姑娘了。"凉子说。

"没这回事，大家都说你很能干。"

"我只是熟悉这些流程而已。这种事，任何人都能很快上手。"话虽如此，香川凉子干起活来的确是一把好手，她有条不紊地做着晚上的准备工作。

这时，电梯门打开了，晴美和福尔摩斯走出来。

"哥哥，你要支付福尔摩斯出场费哦。"

"喵——"

"给它小鱼干就可以了吧？"

"喵呜！"福尔摩斯似乎有些不满。

"啊！这就是大名鼎鼎的侦探猫咪福尔摩斯吧！"凉子蹲下身，用手指梳理福尔摩斯的皮毛，"天冷了，已经长出冬毛了，毛茸茸的，一看就很暖和。"她抚摸猫咪的动作非常娴熟。

"你也养猫？"晴美问。

"以前和我合租的朋友养猫。小猫跟我可亲了，可是后来我搬家了。"凉子说，"我也想养猫，但我现在的公寓条件不允许。我争取多赚些钱，租一间可以养宠物的公寓，这样就能拥有我自己的小猫咪了。"

"喵——"

"福尔摩斯在对你说'加油'呢。"

"谢谢，"凉子笑道，"好了，要继续工作了。"

"我来帮你。我哥是指望不上了。"晴美脱下大衣，扔在片山旁边。

"那你帮我把牛奶倒进那些小罐里，到时候要和咖啡一起送去。小罐在架子上，牛奶在冰箱里。"

"明白。"

"咖啡杯需要三十个，盛牛奶的小罐准备十个就行了。"

"好的。"

"我们这里搭配咖啡的是牛奶，而不是奶油。"凉子把杯子并排摆好，"泡咖啡的时间勉强够用，等咖啡泡好就倒进这些杯子。我去做三明治。"

小厨房里，凉子把切片面包从大包装里取出，然后麻利地把火腿和西红柿切成片。

凉子和晴美配合默契，准备工作进行得十分顺利。

因为凉子所说的"紧急聚会"怎么看都很可疑，所以片山把晴美和福尔摩斯叫来了。

"要不要把石津也叫来？"晴美问。

"这个嘛……"没必要把他也叫来吧？片山想。但是福尔摩斯抬起头，用严肃的目光凝视着他。好吧，福尔摩斯永远是对的，不怕一万，就怕万一，小心不为过。

"你叫他来吧。"

"好吧，我给他打电话。"晴美拿出手机，"喂，石津先生，我们在那栋大楼四十层的茶点室。对，有点儿事需要调查。你能过来吗？"晴美问完，把手机举高，远离耳朵。

"我立刻过来！"石津充满穿透力的嗓音连片山都听得清清楚楚。

"你不用太着急。到了楼下给我打电话。"晴美挂断电话，问凉子，"在哪里聚会？"

"三十八层。"凉子说，"请帮我把三明治摆好。"

"好的。"

"那里是什么公司？"片山问。

"是一间租赁会议室，属于P事务所，这家公司专门把会议室租赁给别人。"

"还有这种公司？"

"如今的公司为了尽可能减少空间，一般不设会议室。有人看准这方面的商机，专门做租赁会议室的生意。"

"原来如此。所以这家公司仅靠租赁会议室维生？"

"是啊，生意还很好呢。"

"真是干什么的都有。"晴美感叹。

"喵——"

"如果我被警局开除，就把自家公寓改成会议室出租。"

"没有人会去那种地方开会！"

几个人闲聊时，三明治的准备工作也在顺利进行。

"还有五分钟。"凉子看着手表。

"现在送过去吗？"

"不，对方说必须在指定的九点四十分把食物送去。"

"这样啊。参加聚会的都是什么人？"

"不知道。不过，这种时间开会，很少见呢。"凉子说。

"可不是嘛。"好像有什么见不得人的事。

"我哥不能去送餐吧？"晴美说，"我和凉子去就行了。"

"也对……我看起来不像酒店服务生吧？"

"你这身打扮不像，不过戴上领结就像了。"

"我和晴美小姐去探探情况。"

"拜托你们了。"片山说。

"打扰了。"这时，门口传来招呼声。

"不好意思，这里打烊了。"凉子好像吓了一跳。

"我知道，"来人是尾田，"你为什么会在这里？"

"我有工作。"

"你不是在休假？"

"是紧急工作，"凉子说，"尾田先生，您今天加班？"

"嗯，我刚到。"

"哦。"

"今天可能要在公司留宿了。"

"令夫人和令千金该有多寂寞啊。"

"他们已经习惯了。顺便说一句，我家孩子是儿子。"

"我记错了，真不好意思。"

尾田和片山握握手："这么晚了还在查案？"

"有点儿事得调查一下。"

"真辛苦。是在调查和穿裘皮大衣的女人有关的公司？"

尾田似乎很好奇，他听完片山的讲述，又说："原来如此，是租赁会议室啊。我们公司很少在外面租用会议室，但很多公司会这样做。"尾田点点头，"我的部下常说，这钱挣得也太容易了。"

晴美问："天宫小姐也在公司吗？"

"现在不在。应该去那个男人家了。"

"去小出弘一那里？"

"嗯，对。"

这时，尾田的手机响了，他掏出手机一看，"哦，是天宫打来的，正说着她呢。"他接起电话，听了几句，神色大变，"你说什么！什么雅由？那不是电脑游戏里的角色吗？怎么会有这种事！"

片山等人面面相觑。

"我知道了。好吧，有事联系我。"尾田挂断电话。

"出什么事了？"片山问。

"我也不太明白。天宫说，她到了小出弘一家，发现他一丝不挂地缩在床角，浑身发抖。"

"一丝不挂？"

"他还说：'雅由出现了，侵犯了我。'"

"亚由？你说天宫小姐？"

"不是，是电脑游戏里一个叫雅由的角色。"

"游戏角色从电脑里跑出来？"

"怎么可能！我看那个男人肯定脑子有问题。"

　　"啊，时间到了，"凉子说，"晴美小姐，我们走吧。"

　　"好。"

　　二人把咖啡杯、茶壶和盛三明治的大托盘分别装在两辆手推车上朝电梯走去。

12 会议

电梯在三十八层停下。

晴美和凉子推着推车一走出电梯就被凉飕飕的空气包围。

"看起来这一层平时很少有人来。"凉子说。

"没错。"晴美点点头。

她们来到指定地点，玻璃门上除了公司名称"P事务所"，还有几个醒目的金字："租赁会议室演讲大厅"。旁边另有几个小字："网络完备"。另一边的接待处不见人影。

凉子对门旁的呼叫器说："我是四十层茶点室来送餐的。"然后，玻璃门"咔啦咔啦"地开了。

晴美走进门，看到玻璃门板的厚度，不禁吃了一惊。

她们走到接待处，一个中年女人急匆匆赶来。

"两位是楼上茶点室的？"

"是的，这是你们点的简餐和饮品。"凉子说。

"辛苦了。送到这里就可以了，剩下的我来负责。"

这个女人四十五岁左右，身穿名牌套装，怎么看都不像是公司白领。

"我们不用把餐点分发给各位吗？"凉子说。

"对，今天不用。我们自己分发。"女人斩钉截铁地说，毫无回旋余地。

"那就拜托了。请问货款怎么支付？"凉子问。

"多少钱？我用现金支付。"说着，女人掏出一个信封。

"哦，这个请您过目。"凉子递上账单。

穿套装的中年女人从信封里拿出钞票交给凉子："给，一分不多，一分不少。"

"非常感谢。那收据……"

"不需要。"女人当即回绝。

不用找零，不开收据，这样就没有再次过来的借口了。

"用完餐，请把杯盘放在推车上，把推车推到门外，"凉子说，"明天我们来取。"

"知道了。再见。"女人似乎一心想尽快把她们打发。

"对了，"晴美说，"店长不是说推车明天一早要用？"

"啊，对呀。"凉子立刻附和，"我们有个不情之请，还请您谅解。能否允许我们过一会儿把推车取回去？只取推车就好。"

"可以……三十分钟后来取。"女人脸上浮现一丝不快。

"好，到时候按呼叫器就可以了吧？"

"不用，我们会把推车放在门外，你们直接推走就好。"

"明白了。"话说到这个分上，没法再多说什么了。

"非常感谢。"两人再次道谢，返回电梯处。

"你每次去送餐都是这样吗？"晴美压低声音问。

"怎么说呢，有的客户的确不愿意让我们进去，但并不会像今天这样戒备。话说回来，我也没送过几次。"凉子说。

"没办法。我们先回四十层好了。"

晴美按下上行按钮，很快，电梯门开了。

"啊！"

电梯里有一个人，是从楼下上来的石津。

"晴美小姐！没想到我们会乘坐同一部电梯，简直是命中注定的相遇！"石津激动地大叫。

"嘘！"晴美急忙上前捂住石津的嘴。

"快关门。"凉子说。

"出什么事了？"石津摸不着头脑。

"你们怎么一起来了？"片山说。

"说不定被对方听到了，"晴美摇摇头，"石津的嗓门实在太大了。"

"但是那些人在门的另一侧啊，"凉子说，"而且那扇玻璃门很厚。"

"那也不能保证他们听不见。"

听完片山的讲述，石津一脸惶恐："都是我的错，太抱歉了！"嗓门依然很大。

"这也没办法，你又不了解情况，"晴美说，"不过那绝不是普通的聚会，非常可疑。"

"是嘛。但没有搜查令，没法进去。"片山双臂抱胸。

这时，他脚边的福尔摩斯"喵"地叫了一声。

"怎么了，福尔摩斯？"片山问。

"啊，对了！"晴美突然灵机一动，"我们就说有一只猫不知怎么溜进会议室了，然后以找猫为借口进入……但是福尔摩斯必须从大门进去才行。"

"喵——喵——"

"它说它会想办法进去。好，那我们去看看。"

"哥，你不能去。我去。"

"可能有危险。"

"当然有危险。"

"我去吧，当你的保镖。"搞不清状况的石津自告奋勇。

尾田听着他们的对话，插嘴道："电梯到达的时候会发出'叮'的一声，所以下楼的时候走楼梯比较好。"

"有道理，"晴美点头赞同，"那么，哥也一起来，躲在楼梯间等待时机。"

"好，"片山说，"我们出发。"

"请让我也一起去。"尾田说。

"这……但是……"

"不要丢下我！"尾田像孩子一样纠缠不休，凉子强忍着才没笑出声。

"好吧，"片山答应了，"你跟在我们身后，时刻小心。"

"明白！"尾田兴高采烈。

晴美、凉子和福尔摩斯打头阵，蹑手蹑脚地朝楼梯前进。

"楼梯里有回音，大家轻一点儿。"晴美低声告诫。

他们尽量放轻脚步，下到三十八层，推开楼梯门，看到正对电梯厅的会议室入口。

"你们待在这里。"晴美朝片山他们打了个手势，然后和凉子及福尔摩斯悄悄朝P事务所大门走去。

途中，福尔摩斯猛地停下脚步，尖锐地叫了一声。

"怎么了？"晴美回头发现福尔摩斯目不转睛地盯着电梯方向，倒吸一口凉气，"电梯在动！"两部电梯都在下行。

"他们要逃走了！哥！"

片山等人飞奔赶来。

"他们果然听到了石津说话。"

"都是我不好……"

"不是你的错！我们快追！"

他们按下电梯下行按钮。电梯运行的声音从下方隐约传来，但还需要一段时间才能到达三十八层。

"我们走楼梯。"石津说。

"走楼梯来不及吧？"

"如果能一秒下到一层……"

"你还不如直接滚下去！"

这时，电梯门开了，他们冲进去按下一层的按钮。电梯开始下行，然而经过二十层的时候突然停下来。

"怎么回事？"凉子说。

"不会吧……"尾田话音未落，电梯里的灯灭了。只有一盏应急灯发出微弱的光线。

"他们为了争取逃跑时间，把电源切断了。"尾田说。

"怎么办？"凉子抓住尾田的手。

"别急，我想想……对了，加班的同事应该还在公司。"尾田开始拨打手机，"喂……嗯，我这边停电了。我正在电梯里。你们赶紧给物业中心打电话，让他们恢复通电。"

福尔摩斯盯着电梯里的仪表盘叫个不停。晴美凑近仔细看了看，说："这里有紧急按钮，按下这个，电梯应该会停在最近的楼层并打开门。"说着，她毫不犹豫地按下按钮，电梯缓慢下行，很快停下来，打开门。

"是十九层。"借助微弱的光线，他们能勉强分辨楼层。

"我们从楼梯下去！"片山说。"不知电梯什么时候才能恢复正常。"

"我打头！"感到责任在肩的石津一马当先冲下楼梯。

就在这时，遥远的下方传来"砰"的一声。

"这……这是枪声吗？"片山说，"快走！晴美，你抱着福尔摩斯！"

如果真是枪声，说不定有人被击中了。

石津以似乎要把楼梯踩塌的气势向下狂奔，片山在其后紧追不舍。

停电前不久。

安西怀美打开夜间入口的门锁，走进大楼。

怀美下班后去四十层找过片山，但片山说："万一你出了什么事，儿岛舅妈不会放过我。"于是她回去了。

然而她在附近吃饭的时候一直惦记着片山，坐立不安。

"这么晚了……"她很想给片山打电话，又怕妨碍他查案。犹豫再三，终于决定返回大楼一探究竟。"我是片山的相亲对象，有资格和他在一起。"她这样说服自己。

进入大楼，走向电梯厅，听到电梯在一层停下的声音。是谁下来了？当然，这个时间有人加班晚归不奇怪。

但是又一部电梯停下来，同时听到一个女人说："快切断电源，他们追上来了！"

"我们去停车场！"

紧接着响起嘈杂的脚步声，绝不是零星几个人，而是一批人在快速移动。突然之间，大楼内的灯光全部熄灭了。

这是怎么回事！怀美焦虑不安，想到前台可以直接与物业中心通话。她跑进一层大厅时正好看到一个女人站在楼梯口，准备下楼去停车场。听到怀美的脚步声，女人回过头。

大厅里一片漆黑，但楼梯口上方亮着应急灯，照亮了那个女人的脸。两人都停下脚步，四目相对。

啊，这个人是谁来着？好像在哪里见过？怀美想。

"对了，你是……"怀美话没说完，女人就穿过门逃跑了。一个穿黑西装的男人出现在怀美面前，手里拿着某个东西，怀美没看清楚。

怀美准备走向前台接待处。男人举起枪，扣动了扳机。

怀美感到腹部受到一记重击，火烧般的痛让她呻吟起来。她挣扎着向前台走了几步，最终忍不住跪倒在地。她趴伏在冰冷的地板上，脑子里闪过一个不合时宜的念头：倒在这种地方会着凉的……

片山和石津从十九层跑下来，膝盖"咔咔"作响。

"终于到了……"片山喘着粗气说。

"片山先生……你还活着吗？"石津也上气不接下气。

"死了还能说话吗？"片山走进大厅。

"这里一个人都没有。"石津说。

"电梯刚到一层没多久。对了，他们肯定去停车场了。"

晴美抱着福尔摩斯赶过来，把小猫放在地上。

"这里肯定有通往停车场的楼梯。其他人也快来了。"

"嗯，我们去停车场……"话音未落，福尔摩斯尖叫一声，撒腿便跑。

"福尔摩斯，你要去哪里？"晴美一边喊一边追上去。

"天哪，哥，有人倒在这里！"

听到晴美的呼唤，片山想起刚才听到的枪声，脸色一下子变得苍白。

"是谁？"

"太黑了，看不清……"晴美话说到一半，大厅里突然灯火通明。

"啊！是安西小姐！"

"什么？"片山赶过去，看到趴伏在地的安西怀美和她身下的大摊血迹，惊愕不已，"她怎么会在这里？"

"快叫救护车！"晴美大喊，"石津，快叫救护车！"

片山跪倒在地，握住怀美的手腕。

"哥……"

"她的脉搏很弱。必须马上止血！"

"我来照看她。哥，你赶快去停车场！"

"但是……"

"交给我。"

"好吧。"片山看到尾田他们也赶来了，"你们待在这里。有人被击中了。你们跟过来会有危险。"

"但是……"凉子欲言又止。

"没有但是！不许跟着我！"片山独自飞奔而去。

然而当他到达停车场时，那里已经一片寂静，空无一人。

"被他们逃掉了……"片山自言自语。一切都太晚了，不知道嫌疑人开的是什么车，也没办法追踪。

片山只好回到一层大厅。

"停车场里一个人都没有。安西小姐怎么样？"

"我想办法按住了她的伤口。失血太多，得赶快输血。"

"是啊……你到底为什么要回来！安西小姐！怀美！你能听到我说话吗？"片山大声呼唤。

但是怀美双目紧闭，奄奄一息。

13　愤怒之夜

"哥哥，你稍微休息一下吧。"晴美对焦躁不安来回踱步的片山说。

"我在休息！"片山停下脚步。

"你从刚才开始就一直走来走去。已经走了好几公里吧。"

"我待不住。"

"你的心情我明白，但是……"

深夜的医院里，几乎没有安静的时刻。护士站的呼叫铃总是响个不停。每次铃声一响，值班护士就要赶去病房。

"这份工作太辛苦了。"片山看着一位年轻护士急匆匆的背影说。

"是啊，她看起来比我还年轻呢。"

"不过医生和护士做的是挽救生命的工作。不像刑警，会让身边的人遭受生命危险。"

"哥哥……"

"喵——"不知什么时候，福尔摩斯来到片山身边，抬头望着他。

"我知道，怀美小姐受伤不是我的错。但如果她没和我相亲，就不会在那个时间出现在那个地方。"

"话不是这么说的。"

这时，医生走过来："请问，你是片山刑警吗？"

"是的。"

"我是外科主任永井。"

光听头衔，也许脑海中会浮现如手术刀般冷硬的医生形象，但实际上，永井医生是个体形微胖、温和稳重的男人。

安西怀美刚被送进这所大学附属医院时，值夜班的护士说："可能需要进行紧急手术，我们要联系外科主任永井医生。他大概已经休息了，但应该会来。"

"谢谢您特地赶来。"片山说。

"这是我的工作，"永井点点头，"我们给患者输了血。但子弹还在身体里，无法从外表判断内脏的受损程度。待会儿检查结果出来之后，才能进行手术。"

"她会没事吧？"片山问。

"如果心脏能挺住就应该没事。她的失血量很大，对心脏造成了极大负担。虽然手术过程中常伴有心跳暂停的风险，但若放任不管，这种内出血迟早会导致心力衰竭。"永井语气平淡，流露出专业人士的自信，令人油然而生信任。

"拜托您了。"片山鞠躬致谢。

"患者是你认识的人？"永井问。

"是。她是我的相亲对象。"片山说。

"我会尽全力救治患者的。"永井说完，快步返回病房。

得知怀美获得有条不紊的救治，片山略感安心。这时他才感到身心俱疲，倒在休息区的沙发上。

"哥哥，儿岛舅妈来了。"晴美走过来。

"什么？"

儿岛光枝从电梯出来，风风火火地冲到片山面前。

"舅妈。"

"义太郎，听说怀美受了重伤。"

"是的，医生正准备给她动手术。"

"怎么会这样？有你在她身边，为什么还会出这种事？"光枝长叹道，"万一她有个三长两短，我怎么有脸见她的家人啊！"

"舅妈，这不是哥哥的错。"

"话虽如此，但是……"光枝中断了，"啊，她们来了。"

电梯门打开，两个穿大衣的中年女人走出来。其中一人片山有印象，正是认出撞死村井的肇事车辆的圆井忍。和她一同前来的是个脸色苍白、身材瘦削的女人。

"阿忍，真不好意思，让你大晚上跑一趟。"

"没关系，我也很担心啊。对了，怀美怎么样？"

"据说要做手术。"

"哎呀……她会没事吧？"

"义太郎，"光枝说，"这位是怀美的舅妈。"

"你好……怀美她承蒙你关照……"

"不敢当。"

"我叫安西七惠。怀美的父母都过世了，一直以来，都由我来照顾她。"

"是这样啊，"片山垂下眼，"都是我的错，把怀美害成这样……"

"不，这不是你的错，"安西七惠说，"怀美她非常喜欢你。她相亲回来，眉飞色舞地对我说：'片山先生又善良又体贴，是很好的人。'"

片山一时说不出话来。安西七惠又说："万一真有什么不幸，那孩子也绝不会恨你。"

片山深深鞠躬，一个字也说不出来。

听完晴美的讲述，光枝终于明白事情的原委。

"太过分了！他们竟然朝怀美开枪！"光枝气冲冲地

说，"义太郎，你一定要抓住嫌疑人！"

"那当然，"片山说，"我找石津问问现场的情况。"

石津仍留在那栋大楼里。片山掏出手机准备给他打电话。一位护士说："术前准备做好了。"

"麻醉呢？"永井医生问。

"上好了。"

"好，我们开始。"医生简短有力地宣布。

片山等人低头鞠躬，目送医生的背影。

"义太郎，"光枝说，"如果怀美得救，你要和她结婚。"

片山不知该如何作答。

"什么？前台被打伤了？"天宫亚由倒吸一口凉气，"是片山先生的相亲对象吧？我想起来好像叫安西怀美。"

天宫亚由接到尾田的电话，得知大楼里发生了枪击事件。

"现在怎么样？"亚由问。她好不容易安抚了小出弘一，让他睡下，自己下楼来到厨房。那里是弘一的母亲死亡的地点，身处这个冷冰冰的空间，亚由莫名感到不寒而栗。

"警察正在大楼里搜查。受伤的安西怀美被送到医院，据说正在做手术。"尾田说。

"她会得救吧？"

"不知道……没人能打包票。如果有什么情况，片山先生应该会打电话通知我。"

"尾田先生，您也要多加小心。"亚由说。

"你那边情况怎么样？"

"对不起，我实在脱不开身，没能回公司继续工作。"

"没关系。要是你在场，说不定也会卷入危险。"

"但是工作……"

"现在工作的事不重要。对了，弘一怎么样？"

"还不清楚他之前到底出了什么事，不过总算睡着了。"

"这样啊。"

"我再等等看他的情况。如果他没事，我就回公司。"

"不用勉强。"

"好。我们再联系。"

"好。"

亚由挂断电话，朝楼梯处望去。和尾田通话时，她好像看到一个人影晃了一下就不见了。

"弘一，是你吗？你下楼了？"亚由喊道，没有回应。

大概是错觉。亚由深呼吸几次，用力摇头。安抚受惊的弘一使她心力交瘁，现在她头疼肩酸，浑身不对劲。面对这种莫名其妙的状况，只能走一步算一步，这让她倍感焦虑。

她也想过索性抛开这一切，回公司去。但左思右想，还是对弘一放心不下。不过话说回来，她留在这里又能做什么？

"喝点儿东西吧。"亚由站起来，先确认水壶里有热水，又从柜子里找出速溶咖啡。她拿了个杯子倒入咖啡粉，注入热水。咖啡香气扑面而来，似乎多少抚慰了她紧绷的神经。

她喝了一口咖啡，转身把杯子放在桌上。就在这一刹那，一块布严严实实地罩在她头上。"是谁！"呼喊时吸入的气体令她的大脑麻痹。

我被下药了！体力迅速流失，她双腿一软，跪倒在地。

理智上明白自己需要屏息，身体却渴求空气。我……我该怎么办？下一秒，她失去了意识，瘫在地板上。

"哥，你没事吧？"晴美很担心片山。

"我没事。"

手术时间延长了。透过窗户可以看到天色已泛起鱼肚白。

"这说明怀美小姐很努力，没有放弃。"晴美安慰着安西七惠。片山则没有余力安慰别人了。

"等手术结束，我就去调查那家P事务所，可能会查到嫌疑人的线索。"他说。

"我和凉子见过其中一人。"

"对啊！你记得那人的长相吧？"

"当然记得，我可以帮警方画出嫌疑人画像。"

"好，趁你现在记得清楚，先把相貌特征记录下来。"

"特征啊，"晴美思考片刻，"是个普通大婶。"

"这跟没说一样。"

"但确实如此。她没有明显的特征。对了，她的经济状况好像不错，因为她穿一身名牌套装。但又不像公司白领。"

"我去问问P事务所，他们肯定知道是谁租用了会议室。顺藤摸瓜，就能查明那起谋杀案的原委。"

"是啊，普通大婶绝不会和谋杀案扯上关系！"

"但也许会被杀。"

"你指小出雪子？"

"小出雪子大概也参加过这种聚会。那天她去参加聚会，穿着裘皮大衣，还带着一个貌似黑社会成员的保镖……"

"那到底是什么聚会？"

"我想，小出雪子的巨额存款与这个神秘聚会有关。"

"有道理。"

在谈论案件的过程中，片山的精神恢复了大半。

"说起来，小出雪子的儿子现在情况如何？"片山若有所思，"他说电脑里的角色跑出来了，这是怎么回事？"

"我这就给天宫小姐打电话问问，"晴美掏出手机，"虽然才一大早，但非常时期不管这些了。"

晴美一边拨打电话一边向楼梯走去。片山去卫生间用冷水洗了把脸。这时，安西怀美正在和死神搏斗吧。"你要和她结婚……"光枝舅妈的话在片山脑海中回响。

他洗完脸，呼了口气，抬头看向镜子——在他身后，怀美的前男友又一次朝他举起球棒。

"镜子碎了？"晴美不解，"哥，镜子怎么碎了？"

"不是……出了点儿事故，"片山对护士说，"我会赔偿的，请把账单给我。"

"知道了。不过我觉得应该不用赔偿……"护士一脸诧异，"您没受伤吗？"

"嗯，应该没有。"

松原挥棒没有打中片山，却打碎了镜子，他当场放声痛哭。这个男人不知从哪里听说怀美生命垂危，一心认定是片山的责任，于是气势汹汹地找片山算账来了。总之，片山再一次躲过球棒，安然无恙。他对泣不成声的松原说："我会通知你手术结果的。"然后离开了。

"我给天宫小姐打过电话，但她没有接。我再打一次试试。"晴美说。

这时，护士对片山说："请您去手术室。"

片山和晴美面面相觑。

他们走向手术室时，大门正好打开，永井医生走出来。

"久等了。很担心吧？"永井脸上蒙着一层光亮的汗水。

"请问……"

"她挺过来了。"

大家同时舒了口气。永井医生微笑着说："到底是年轻，总算坚持住了。子弹也成功取出了，待会儿我把它交给你。"

"拜托了，"片山说，"医生，太谢谢您了。"

"这是我的工作，"永井点头致意，"我先告辞。"

护士把怀美从手术室推出来时，她还没有从麻醉中醒来。

"怀美！"光枝和安西七惠跑过来，"你挺过来了！"

"喵——"福尔摩斯好像也放下心来。

"怀美，"光枝说，"你未来的老公就在你身边哟！"

"您现在说什么她都听不见。"片山说。

14　墙纸的猫腻

“诸位久等了。”

走进房间的男人看起来像在地方政府部门工作的小职员。

“你好。”片山把同行的石津和福尔摩斯介绍给他，又问：“你知道昨晚发生的事件吧？”

P事务所在同一栋大楼的三十七层。

“我是社长八木启介，”相貌平平的男人递出名片，“当然有所耳闻。我也认识前台的安西小姐，听说她受伤，深感震惊。”

“从当时的情况推测，打伤安西小姐的嫌疑人就是昨晚租用你们会议室的人。昨晚他们到底开的是什么会？”

“嗯，这个啊……”八木支支吾吾。

“打扰了。”一位身材苗条、穿套装的女性端着茶盘走进接待室。

“这位是吉泽，”八木介绍道，“租赁会议室的接洽工作都由她负责。”

“我叫吉泽小百合，”她给片山等人端上茶，恭敬地低头致意，"昨晚的事件的确令人大为震惊。"语气冷静、平淡。

"我听说这件事之后，立刻给租用会议室的客户打了电话，但是他们留下的电话号码并不存在。"

"你是说……"

"客户代表自称山田花子，恐怕是假名。"

赶在片山开口前，八木紧接着说："我们公司只负责租赁会议室。至于客户是什么身份、要开什么会，我们一概不过问。虽然客户大多是这栋大楼里的公司，但如果有空余的会议室，任何人都可以租用。"

"我明白。"

"我们也不会特别要求对方提供身份证明，只要付清租金就可以了。"

"昨晚的客户是怎么支付租金的？"

"是在提出租赁申请时用现金一次性付清的，"吉泽小百合说，"客户说，会议内容事关机密，希望我们公司的人尽量不要干扰，所以我们把门禁卡交给了他们。我们确实不知道昨晚来开会的是哪些人。"

"这样啊，"片山叹息道，"他们的租赁申请书呢？"

"我拿来了，"吉泽小百合递上一份文件，"不过这是由对方口述，由我填写的。"

"这样啊……"

会议名称和公司名称两栏写的是"不详"。

"来申请租赁会议室的是怎样的人？"

"是一位女士，我觉得大概四十多岁。"

"还记得她的长相吗？"

"她戴着墨镜和口罩，实在看不出长相。"

"当时你不觉得奇怪？"

"我觉得可能客户有什么隐情。"吉泽小百合说。

"我们的客户形形色色，什么人都有，"八木插嘴道，"比如有的客户在秘密展开企业并购计划，如果与相关人员在酒店见面就会有曝光的风险，这样的客户就会专门租赁我们的会议室进行夜间密谈。怎么说呢，我们也不敢贸然打听客户的来历。"

"原来如此。"

看样子他们帮不上更多的忙，片山想。

"请问，我们能去看看昨晚那间会议室吗？"

"当然可以。本来那里今天还有预约，不过我给客户安排了其他房间。"吉泽小百合说，"我来带路，请这边走。"

"麻烦你了。"

"好可爱的小猫咪！"吉泽小百合第一次露出笑容，

"我知道有警犬协助破案，但从没听说有小猫在警局服役。"

"是啊，这是比较少见的情况……"

正要离开接待室，片山注意到福尔摩斯停步回头张望。它在看八木。然后福尔摩斯掠过片山脚边，先行窜出门去。

片山他们跟在吉泽小百合身后来到电梯厅。吉泽按下电梯按钮，说："最近天气真冷啊。"

没错。但是，为什么八木在用手帕擦汗？

"请进。"

吉泽小百合打开位于三十八层那间会议室的大门。

"谢谢。"片山等人走进去。

乍看之下，这间会议室没有任何特异之处，每个座位上都摆放了电脑，里侧设有一面巨大的投影屏。

"我们配置了最先进的设备。"吉泽小百合说。

"看出来了。"片山点点头。

"太高级了！"石津瞪大眼睛，"我们警局的会议室比这可差远了！"

"没错。"片山苦笑，"昨天开会的人有没有落下什么？"

"没有，"吉泽小百合说，"我们每天早晨第一件事就是把所有会议室检查一遍。这里没有发现任何东西。"

"应该留下了指纹吧？"石津问。

"实在对不起，上午有人进来打扫过，所以可能……"

"我知道了，"片山说，"这里没有窗户啊。"

"是的，每间会议室都没窗户。"

"为什么？"

"因为不远处有其他高层建筑，如果有窗户，室内的行动就容易暴露。为了完全保密，我们特地选择了无窗房间。"

竟然谨慎到这种地步！片山深感佩服。

"电脑里有什么数据吗？"

"昨天的客户好像没使用这里的电脑。像这样的也有很多，他们担心有黑客入侵，认为纸笔记录才是最安全的。"

"这样啊。这就没辙了。要不我们走吧。"

"没能帮上忙，对不起。"吉泽小百合说。

"没关系。福尔摩斯，我们走了。"片山看到福尔摩斯坐在桌上目不转睛地盯着墙壁，"你看什么呢？"

"也许墙上有其他动物的痕迹？"吉泽小百合像开玩笑。

福尔摩斯又转头盯住片山，眼神别有深意。

"好吧，我把那边的墙拍下来，"片山拿出手机调到拍照模式，"我很少用手机拍照，不习惯……啊，好了。"镜头没有聚焦就按下了快门。

"再拍一张……福尔摩斯，你是觉得墙纸的图案很有趣吗？好，这样就行了，"接着，片山又对吉泽小百合说："耽误你时间了，不好意思。"

"您太客气了。"

片山他们离开会议室，与吉泽小百合道别，坐电梯来到四十层的茶点室。

"欢迎光临，"香川凉子说，"尾田先生也在。"

"安西小姐手术顺利，太好了。"尾田握着片山的手说。

片山注意到石津脸上露出某种微妙的表情，于是点了咖啡和两人份的三明治。

"不愧是片山先生！推理能力不亚于福尔摩斯！"

"这种恭维话，不说也罢，"片山说，"刚才我们去了P事务所。"

"查到什么线索了？"

"没有……"片山说明了情况，"那间会议室里好像什么线索都没留下……不过福尔摩斯似乎发现了什么。"

片山把拍下的照片给尾田看。

"这个女人是谁？"尾田问。

"是P事务所的职员，叫吉泽小百合。"片山刚才假装聚焦失误，把吉泽小百合也拍了下来，"不过我总感觉她不像是普通的公司白领。"

"怎么说？"

"哎呀，具体也说不清。"

福尔摩斯正津津有味地舔着一碟牛奶，这时抬起头，朝片山叫了一声。

"对了！我想起来了，福尔摩斯回头看那个八木社长的时候，他正在用手帕擦汗。"

"擦汗怎么了？"凉子给片山他们端上咖啡。

"天气这么冷，为什么会满头大汗？是因为心情紧张。"

"这就是说……"

"八木完美地骗过我们，总算松了口气。我们谈话时，吉泽小百合一直盯着他。"

片山给警视厅打了电话，把吉泽的照片发给同事。

"拿照片到处打听一下，也许有人能认出她。"

片山拿起三明治准备吃，福尔摩斯已经干掉了一整碟牛奶，效率之高，令片山目瞪口呆。

福尔摩斯用前爪干净利落地洗完脸，"嗖"地跳到片山的膝盖上。

"喂，这样做很危险！啊，你想看手机里的照片？"福尔摩斯用爪子扒拉片山放在桌上的手机。

"怎么？哪里可疑？"片山把在会议室拍的照片调出来。

"请让我看一下，"凉子拿过手机，"这是什么照片？"

"是墙。福尔摩斯一直盯着墙，我就拍下来了……好像没什么特别的。"

凉子仔细端详照片。

"这个墙纸和我朋友公寓的墙纸是同款图案。"

凉子说。

"真巧。"

"但是这个墙纸有些奇怪。"

"怎么奇怪？"

"它的图案是颠倒的。"

听了凉子的话，片山把手机反过来看。图案果然顺眼了。

"原来如此……福尔摩斯，这就是你要告诉我的？"福尔摩斯只是打了个哈欠。

"墙纸贴反这种事，专业人士肯定干不出来，"片山说，"也就是说，这是业余人士重新贴的。"

"为什么要重新贴？"凉子问。

"我们去调查一下，"片山啜饮着咖啡，若有所思，"秘密说不定隐藏在墙纸之下。"

这时，片山的手机响了，是刚才收到照片的同事打来的。

"喂喂，怎么样？"

"片山先生，是关于刚才照片里那个女人的事。"

"查到什么了？"

"我在走廊上碰巧遇到长期负责抓捕暴力组织成员的前辈，把照片给他看了一下。一开始他丢下一句'不认识'就走，但又回过头说再让他看一眼。"

"然后呢？"

"他说'长得像明美'。"

"明美是谁？"

"全名大坪明美，是某暴力组织的前任女头目。警方抓捕该组织领导层时，被她逃掉了。最近两年一直没有她的消息。前辈说，照片上的女人和大坪明美装扮不同，但很像。"

"你去找大坪明美的照片比对一下。"

"明白。"

片山挂断电话。

"实在太可疑了！"听了片山的讲述，尾田兴奋极了，"肯定是她，电视剧里一般就是这样展开的。"

"也就是说，P事务所的秘密藏在那间会议室里？"

"要进去搜查一下，"片山点点头，"但以目前掌握的线索，大概拿不到搜查令。"

"那我们直接进去。"尾田毫不犹豫地说。

"怎么进去？"

"太简单了。大楼的物业中心有所有房间的钥匙。我经常在公司过夜，经常出入那里。所以，把那间会议室的钥匙弄出来应该没问题。"

"这不就成了非法闯入？"片山说，"这就严重了。"

但是安西怀美差点儿被他们害死。如果在那里找到能抓住嫌疑人的线索……不行，身为刑警，怎么可以知法犯法！

"我看我们还是……"片山说。

15　侵入

会议室的玻璃门"咔啦咔啦"地打开了。

"打开了！真的打开了！"尾田显得非常惊喜，明明是他本人打开的。

"监视摄像头搞定了吧？"

"嗯，搞定了，"在这方面，尾田的本事无人能及，"我们进去吧。"

片山有些不安，但也跟着尾田、凉子和福尔摩斯进屋了。

此时已是深夜，他们确认室内没人就行动了。保险起见，石津和晴美留在四十层待命。

打开灯，他们抬头看向"有问题"的墙纸。

"让我们看看这里到底有什么秘密。"片山站在椅子上，手在墙壁的不同地方敲击。突然，他发现一处手感不对。

"喵！"福尔摩斯叫了一声。

"这里不对劲，下面好像有凹陷。"片山按按墙纸，感觉有个洞。他犹豫片刻，从兜里掏出一把刀朝墙纸划下去。

"片山先生，这样做没问题吗？"凉子关切地瞪大眼睛。

“我是为了查案才进来的，只能这么做了。”

“片山先生，你太帅了！”

“喂……”尾田皱眉瞥了凉子一眼。

“不要嫉妒嘛。”凉子飞快吻了尾田一下。

“快看，这里藏着一台小摄像机。”片山掀开一块墙纸。

“还是遥控的，”尾田也站到椅子上查看，“墙纸很薄，如果事先对好焦就能清晰地拍到室内。”

“但是为什么……”片山恍然大悟，“我明白了。”

他从椅子上下来。

“我们在墙壁各处都敲一敲！肯定还藏着其他摄像机！”

凉子也兴冲冲地搬来椅子爬上去，在墙上“砰砰”直敲。

很快，他们又找到四台藏在墙纸下的摄像机。

“一共五台，可以拍到房间全景。”尾田说。

“不仅如此，甚至可以拍到出席者在写什么。”

“对啊，这些摄像机都可以变焦。”

“这里不光有摄像机，应该还有窃听器。”果然，他们在插座下面和吊灯内侧找到了这些小机关。

“有了摄像机和窃听器，在这里说的每句话、发生的每件事都逃不过P事务所的耳目。”片山说。

“他们为什么要这样做？”凉子问。

"肯定是为了窃取情报再高价卖出，"尾田说，"现如今，情报才是最抢手的商品。"

"P事务所的其他会议室大概也是如此，"片山说，"他们出售企业的商业机密或者拿个人隐私敲诈勒索。当然，他们一定有办法不让客户怀疑到自己头上。"

"那个女人果然是……"

"没错，她应该就是大坪明美。八木社长只是她雇来充当门面的傀儡。"

八木之所以不停擦汗，是因为那个女人密切监视着他的言行，提防他一时不察露出马脚。

"每天在这些会议室里，有各种各样的商业密谈。这些偷拍、窃听设备就是为此而准备的。"尾田说。

"昨晚我见到的那位大婶是什么人？"

"我想她恐怕是P事务所的投资人。租赁这些房间、布置这些设备都需要大量资金，"片山说，"被杀害的小出雪子大概也是投资人之一。"

"先投资，再拿分红。"小出雪子的几千万存款恐怕就是这样得来的。

"大坪明美很可能是该组织的头目，她说不定还雇了以前暴力集团的小喽啰当打手。小出雪子不知为何成了组织的眼中钉而被灭口，"片山说，"昨晚肯定是这些投资者在开会。他们听到石津的声音就急忙撤退了。"

"然后安西小姐倒了大霉，"尾田说，"但他们不怕这里的事情败露吗？"

"他们肯定想好了脱身之术。"片山说。

"现在这里会不会正在被监视？"尾田有些不安。

"楼下的事务所里一个人都没有。"片山说。

"但数据有可能传到别处，"尾田说，"敌人很狡猾，即使在深夜也不能放松警惕。"

"有道理，是我疏忽了，"片山拿出手机，"我给石津打电话，让他立刻派人过来。"他正准备拨号，福尔摩斯突然尖叫一声，朝走廊冲去。

"回来！"

片山刚追出走廊就听到一声枪响，子弹从他耳边擦过。

"不好！"片山一把抱起福尔摩斯，逃回室内。外面响起接二连三的枪声，子弹不断射在玻璃门上。

"小心！快到里面去！危险！"片山朝尾田和凉子大吼。

晴美和石津能听到枪声赶来帮忙吗？对手不止一个人啊。

然后，一股异味扑面而来。

"这是什么味道？"

"是汽油？"凉子说。

不会吧！片山朝走廊窥看，地面上流淌着黑色液体。下一秒，红色火焰升腾而起，照亮了对面的墙壁。

"有人纵火！"片山返回室内关上屋门，躲避热浪。

"快给消防队打电话！"尾田说，"他们很快会赶来。"

"但是我们在三十八层，消防车到不了这么高！"

"对不起，"片山说，"没想到会发生这种事……"

"有烟！"凉子大叫。

浓烟从门下缝隙钻进来。凉子蹲在地上，呛得直咳嗽。

烟有毒！建筑材料和墙纸一旦燃烧，会释放有毒气体。

"尽量不要呼吸！"片山叫道，"用手帕捂住口鼻，放低身体！"

但是烟雾很快弥漫了有限的空间，什么都看不清了。

"尾田先生……"凉子无力地倒在地上。

尾田摸索着抱紧她："坚持住！"自己却在剧烈咳嗽。

"福尔摩斯，你还好吗？"片山趴在地上呼唤。他只觉眼前发黑，一阵阵迷糊。这样不行！这样下去就没命了……可他又能怎样？这里连窗户都没有。

"福尔摩斯……你自己能逃……就逃吧……"他呼吸越发困难，眼睛也睁不开了。不远处，尾田和凉子抱在一起的身影隐约可见，这是片山视野中的最后一幕。光线消失了，耳边充斥着屋门燃烧的"噼啪"声，火势蔓延至走廊。

晴美，快逃！片山的意识渐渐模糊。福尔摩斯用粗糙的舌头舔他的脸。福尔摩斯……晴美就拜托你了。

然后他什么都不知道了。

嗯？这是什么？白光在片山眼前闪烁，他感到一阵剧痛。

我……这是怎么了？他开始咳嗽，记忆恢复了。对了，我在那间会议室里吸进了毒烟。现在是死了吗？死了也能咳嗽？

"振作点儿！"

耳边突然响起的吼声把片山吓得不轻。

"啊！头疼死了！"

"太好了！终于醒了！"

模糊的视野逐渐变得清晰，片山看到眼前晴美的脸。

"晴美？这里是天堂吗？"

"说什么傻话！这里是医院！"

"哦……哎哟，好疼！"片山的脸皱成一团。

"你吸入很多毒烟，当然会头疼。还好现在没事了。"

"哦，"片山突然脸色苍白，想问又不敢问，终于艰难地开口，"晴美，其他人……尾田先生和凉子呢？他们怎样了？"嗓音沙哑。

"放心吧，他们没有生命危险，在另一间病房休息。"晴美握紧片山的手。

"那就好。"片山松了口气，"那……福尔摩斯呢？它怎么样？"

晴美没说话，片山恐慌起来："它到底……"

"喵——"像在回答他，福尔摩斯愉快地叫了一声，飞身跳上病床。

"福尔摩斯！你没事太好了！"片山想起身抱福尔摩斯，但头疼又让他倒回床上，"疼死我了！"

"当时福尔摩斯紧紧地贴在地板上，几乎没有吸入毒烟，"晴美说，"而且多亏了福尔摩斯，你才得救。"

"是它通知你的？"

"浓烟蔓延到四十层的时候，我才意识到着火了，不知为什么，自动灭火设备没有启动，"晴美说，"我们想从楼梯下楼，但烟雾弥漫，也不知道到底是什么地方着火了。"

"后来呢？"

"我们站在楼梯上不知如何是好的时候，忽然收到一条短信。"

"短信？谁发的？"

"从你的手机上发的。"

"什么？"

晴美拿出手机："没有文字，只有一张照片……就是这个。"手机画面是被大火围困的会议室。

"看到这个，我才知道你们有危险，于是立刻联系物业，让他们强制启动自动灭火设备。然后我们屏住呼吸下到三十八层。之后就是石津先生大展神威的时刻了。尾田先生的公司也来了好多人，因为这张照片也发到了尾田先生的电脑上，同事们都看到了。"

"原来如此。"

"天花板上的灭火器迅速喷水，火势很快减弱了。大家马上冲进会议室把你们抬出来，"晴美笑道，"全员平安，可喜可贺！"

"是啊。"

当时片山自身难保，根本没有余力拍照片、发短信。难道是……

"是你，福尔摩斯！你什么时候学会发短信了？"

福尔摩斯张开嘴打了个大大的哈欠。

"对了，那个P事务所……"片山说到一半，病房的门猛地被撞开。

"片山先生，你醒了！"

石津的大嗓门让片山痛苦地皱起脸："别这么大声！震得我头嗡嗡。"

"对不起！"

"都说了别这么大声！"片山喘了口气，"我们要立刻对P事务所展开搜查。"

"准备好了，搜查令也下来了。"

"我去买点儿吃的，"晴美说，"哥，你一定饿了吧？"

"还好，待会儿再吃。"

"但我还是先出去一趟……"晴美捂着嘴跑出病房。房门关上前，片山听到了她的哭声。

"可把晴美吓坏了！"石津说，"她大喊着'哥！福尔摩斯'，不管不顾地往火海里冲，我拼了命才把她拦下。"

"这样啊。是我考虑不周，对不起，"片山说，"还差点儿连累了尾田先生和凉子。"

此时片山也觉得眼眶发热。福尔摩斯凑近片山，轻轻舔掉了他的泪水。

"活着太好了！是不是，福尔摩斯？"

"喵——"福尔摩斯表示赞同。

"我们走。"片山翻身下床，针刺般的疼痛向他袭来。

他稍微定定神，疼痛很快过去了。

　　"片山先生，你身体不要紧吗？"

　　"没事。我不亲自去怎么行！"片山挺直脊背深呼吸几次，"石津，你来开车。"

　　"明白！"

　　"都说了别这么大声！"

16 逃亡

啊……

亚由感到浑身疼，一点点清醒过来。

首先，她察觉到自己躺在某个地方；其次，这个地方绝不是五星酒店的大床。她身下是一块硬邦邦的粗布，粗布下面似乎是破砖烂瓦。

好黑。这是哪里？

几乎没有光亮，什么都看不见。等她终于渐渐适应了黑暗，发现自己好像是在一栋废弃建筑里。

剥落的水泥下方露出虬曲的钢筋。她所在的房间大而空旷，一扇门紧紧地关着。墙上有几个破洞，透进些许微光。

我为什么会在这种地方？

她想坐起来，但右手被猛地拉扯了一下，把她吓了一跳。

是手铐。手铐一头锁住她的右手腕，另一头铐在从地板直通天花板的管道上。她试着用力拽，却挣脱不了。

这是怎么回事？

然后她想起来了。在小出弘一家，她被下药了。

那之后过去了多久？她在身边摸索，没有包，什么都没有。看来她是被诱拐了。

亚由坐起来大喊："有人吗？来人啊！"

声音在空荡荡的室内回荡。她侧耳倾听，听不到任何回应。

她用手碰触身体，脚踝和膝盖都受伤了。大概是被搬到这里时碰伤的。

她不想坐以待毙，试着扯断手铐，但手铐太结实了；她试着把手从环扣中挣脱，也没有成功。

"有人吗？"亚由大叫，"把我弄到这里就扔下不管了？"可能没人听，但她必须说点儿什么。

最让她百思不得其解的是，为什么有人要诱拐她？为了勒索赎金？可她没钱啊。如果不是为了钱，又是为了什么？

"啊……渴死了。"她感觉口干舌燥。身体知觉完全恢复之后，感到了寒冷。她抱住膝盖缩成一团，但这样做并不能暖和多少。

"我为什么这么倒霉？"这句话冲口而出。

这时，黑暗角落里突然现出亮光。亚由一惊："什么？这是什么？"那是一个闪着白光的方形画面。电脑？这里为什么会有电脑？

一个女孩突然从画面中现身："你醒了？"

是通过电脑和弘一交流的动画少女雅由。

"天宫亚由小姐，你好，"雅由说，"我是弘一的女朋友雅由。"

这是什么情况？电脑距离亚由几米远，她碰不到。

"这里条件不太好，请你忍耐一下。"

搭话也没用，对方只不过是电脑动画。

"这里没有别人，你叫得再大声也不会有人来。但是我很温柔体贴，为你精心准备了很多东西，"雅由说，"你掀开那层布看看，下面有毛毯、食物和水。"

亚由掀开布，发现脚下有一床叠好的毛毯，还有双肩背包。她拽过背包，里面装着瓶装水和汉堡包。亚由打开一瓶水，一口气喝干。

"是不是很体贴？"雅由说。

"谢天谢地。"亚由喝完水喘了口气。

"你说说，除了我，世上还有对情敌这么好的女生吗？"

"情敌？"

"你是我的情敌。你和弘一背着我勾勾搭搭，不觉得羞耻吗？"动画少女用可爱的电子音说道，"我才是弘一的女朋友，绝不允许任何人破坏我们的关系。"

这一定是有人事先设定好的台词，画面中的少女只是照着念。她容貌可爱，讲出来的话却令人生厌。

"弘一只爱我一个人。我们之间的爱情是纯洁无暇的。是你玷污了弘一。"

亚由环顾四周，想找出操纵电脑的人。

"我绝不原谅你。只要你活着，弘一就会犹豫、痛苦。所以我把你抓到这里。"

"你到底想要怎样？"亚由忍不住回嘴。

"你是不是很想知道自己的命运？耐心等待吧，好戏在后面，"雅由笑了笑，"我会再来的。别客气，好好享受。"

"喂，等一等。"可是画面消失了，电源也切断了。黑暗中只能隐约看到一个白色方框，最后连这个方框也不见了。

"到底要把我怎么样！"亚由大喊。没有任何回应。

亚由索性又打开瓶装水灌下几口，并拿出汉堡包撕开包装，狠狠地咬了下去。

"好家伙！"片山不得不发出感叹。大楼三十七层的P事务所人去屋空，留下的只有一台电视机。至于其他，用石津的话说，"连擤鼻涕的纸都带走了"。

"这台电视机是……"片山问。

"电视机是大楼物业的财产，统一连接有线电视网。"

物业管理员说。

"过来检查一下上面的指纹，"片山说，"八成擦掉了。"

大坪明美可不是傻瓜，这个事务所的门把手、室内卫生间的水龙头……总之，能想到的地方都擦得干干净净。

"电视机上没有指纹。"鉴证科的人说。

"还有遥控器，"晴美说，"不过肯定也擦过了。"

"是的，"鉴证科的人撒上指纹粉观察了一会儿，说，"一点儿指纹都没有。"

福尔摩斯在旁边踱来踱去，"喵"地叫了一声。

"对了，遥控器里装了电池！"片山说。

鉴证科的人取出两枚七号电池，撒上指纹粉。

"有了！虽然很小，一枚、两枚……有两枚指纹！"

"立刻对比指纹库！"片山说。

大楼里一片骚动。

三十八层的火灾闹得人心惶惶。

"幸好火势没有蔓延到其他楼层，"晴美说，"啊，手机响了。"她接起电话，说了几句，然后对片山说："尾田先生和凉子都醒了。"

"太好了！告诉他们，破案后，我去医院看望他们。"

"好！"

片山心中大石终于落地。明知有危险，却还是把作为普通群众的尾田和凉子卷进去了，他为此悔恨不已。当时的情况可以说是九死一生，一旦全军覆没也不稀奇。

"还有一件事……"物业管理员说。

"哦，警方对三十八层的火灾深表歉意，"片山说，"但我不知道警方会不会承担维修费。"

"啊，这件事请您和我的上司说吧。"

"这样啊，那还有什么事？"

"是关于P事务所社长的事。"

"哦，我想想，你是说八木？"

"那是假名。"

"你的意思是？"

"他是我以前的部下，虽然他可能没认出我。"

"什么？"

"我退休后再就业，六十多岁开始干这份工作。有一天，我无意中碰到八木，一时没想起他是谁，但……"

"但很眼熟？"

"对。后来我又见过他几次，终于想起来了，虽然对方压根没正眼看我。"

"所以这个八木的真正身份是……"

"他姓前田。"

"我知道了。他住在哪里？"

"不知道，他以前住在一间小公寓里。"

"在什么地方？"

"很久以前我们喝过一次酒。他醉得很厉害，是我打车把他送回家的。"

"请把地址告诉我！"片山兴奋地说。

"我记得他家就在这附近，"物业管理员看着车窗外，"不过周围好像没有这种建筑。"

"您是多少年前去他家的？"片山问。

"大概十多年前。"

"周围的环境肯定变了。"

"我们刚才经过车站，应该快到了。"

车子又驶过一个十字路口。

"请停车。"

"就在这附近？"

"这个路口非常眼熟，"物业管理员从车里下来，"应该离他家很近了。"

"哥……"晴美说。

"怎么了?"

"你看!"顺着晴美指点的方向,片山看到小公寓前停着一辆高级轿车。这种豪车出现在此地,显得格外突兀。

"村井说过,他看见一辆很高档的进口车。"

大坪明美不会是派人来杀人灭口的吧?

"不妙!快走!"片山和石津冲向公寓,晴美和福尔摩斯紧随其后。

"对了!他家在那里!"物业管理员还在后知后觉地嚷嚷,已经没人在意了。

"警察!"片山怒吼,"滚出来!"

高级轿车里的一个男人慌忙爬到驾驶席发动引擎。

"停车!"片山跑到车边用枪指着男人。

男人两手高举,但车子已经发动。方向盘自行打转,车体转了个大弯,朝一间公寓的玄关冲去。挂在玄关的门牌上写着"前田"二字。在巨大的冲击下,公寓的门被撞成两截,两个黑衣人从里面的小院子里跑出来。

"站住!"石津一个箭步冲上前。

"石津先生,小心!"

石津很幸运，一个男人虽然带了枪，但因正打算翻越栅栏而无暇射击。石津用头猛撞他的腹部，男人飞出去，头撞到花坛边上，一动不动了。另一个男人见势不妙，慌不择路。福尔摩斯高高跃起，精准地落在他的脑袋上，伸出利爪毫不留情地朝他谢顶的脑门抓去。

"啊！"男人惨叫。

"站住！举起手！"片山赶过来。

"我投降！别开枪！我没枪！"男人一屁股坐在地上，双手举过头顶。福尔摩斯跳下来，回到晴美身边。

"在大楼一层朝女人开枪的是谁？"片山用枪指着他。

"是……倒在花园里的家伙。"

"真的？"

"千真万确。他动不动就开枪。"

"你们是来杀前田的？"

"是。那家伙太软弱，早晚会去自首的。"

"你们把他杀了？"

"没，我们没找到他……正准备搜他家，你们就来了。"

片山把这个被糊了一脸血的男人带走，用手铐铐在车上。

"片山先生，院子里的家伙失去知觉了。"

"搜一下屋里。"

进入公寓，片山高喊："前田！八木！你在哪里？我们是警察，你已经安全了，可以出来了！"然而并没有回音。没办法，只好继续搜。

"啊嚏！"

片山看向石津："你感冒了？"

"打喷嚏的不是我。"

片山来到走廊尽头的浴室朝里窥看。

"有人吗？"

片刻后，浴缸的盖子动了一下，"咔嗒"一声移开了。一个初中生模样的女生湿淋淋地站在那里。

"只有你一个人？"

"不……"

浴缸盖子被推到地上，紧接着，"八木"和他太太也站起来。

"这么小的浴缸竟能藏下三个人。"

"与其被杀，不如淹死。"前田说。

"没事了，出来吧，"片山催促，"八木先生，我们有事情问你。"

"我叫前田启介，"他从浴缸爬出，像狗一样抖动身体，"我老婆和女儿什么都不知道。"

"你先换衣服。我在客厅等你。"片山收起枪。

"多亏有您，我们才得救……啊嚏！"

"太感谢了……啊嚏！"

三个人喷嚏连连，从浴室出去。

"警车马上到，"石津说，"我们及时赶到，太好了！"

"是啊，不希望再有伤亡了，"片山看着破损严重的大门，叹息道，"受伤的只有一扇门，可喜可贺了。"

这时，物业管理员从破门上探出脑袋，说："是这家，没错。"

"喂，老公。"冴岛真弓对手机说。

"什么事？"

"事出突然，不过我要出门旅游。"

"现在就去？"冴岛很诧异。

"是呀，和朋友一起去，是一起喝下午茶的太田太太。"

"这样啊。"

"她给我打电话说，约好的朋友临时有事，去不了。如果我有空，希望我能陪她一起去。如果现在取消机票和酒店，就要收取全额费用。"

"那太可惜了。"

"是啊，我也这样想，所以答应了，免费旅游多划算。"

"那就去吧。"

"好，那我准备好就出发了。到了那边再跟你联系。"

"知道了。"

"家里就拜托你了。"

"等一下，你要去几天？"

"几天？太田太太说过，但我没听清，好像两周左右。"

"这么久？"

"我待在家里也没事可做。"

"这倒是……"

"那我挂了。"

"等一等，真弓，你要去什么地方？"

"咦？我没说吗？我这记性真不行了，"真弓笑道，"我要去巴黎。"

"你要去法国？"

"对啊。我挂了。"

"絮絮叨叨的，烦死人了，"真弓挂断电话，舒了口气，"带上护照和信用卡就好。"

行李箱已经收拾好，放在玄关。

"太太，您要出门？"小夜子问。

"是啊，出去玩几天。好好做家务哦。"真弓来到玄关。

"需要我帮您叫出租车吗？"

"不用，我自己开车。帮我把箱子提过来。"

"是。"

她把箱子放进后备厢。

"我走了。"

"祝您一路顺风。请多保重。"小夜子目送车子远去。

时间还很充裕。总之，到了成田机场再找地方打发时间，真弓想。

信号灯转为红色，她停下车。

"太太要出门？"突然，后座传来一个声音。

"是你！你在这里干什么？"真弓大惊失色。

"我才要问你呢！"说话的是大坪明美，"太太这是要去哪里？"

"你管不着！"真弓说，"说到底，还不是你们搞砸了？捅了大篓子。亏我那么信任你。"

"这个借口在警察那里可说不通。法律上，你我是共犯。"

"怎么可能……"

"快走，信号灯转绿了。"

"不用你说！"

"我们顺路去个地方。"

"什么？"

"有个地方想领你去看看。"

"我赶时间。"

"不要担心，不会耽误你太多时间。"明美指示方向。

"往那边走不就到我老公的医院了？"

"您知道他在医院附近租了间公寓吗？"

"不可能。"

"总之，我们去看看，"明美嬉皮笑脸，"然后我们一起去旅行。"

"你说什么？"

"我和您一起去巴黎。"

"别胡说八道！"

"我的日子有点儿不好过，"明美说，"不要担心，我带着护照呢。"

"你为什么非要和我一起去？"

"一起逃亡国外不是很好吗？"

"什么逃亡？我什么都不知道。"真弓盯着前方。

终于，她们来到一栋高档公寓楼楼下。

"我从没来过这里。"

"进去看看嘛，我有钥匙。"明美的态度让真弓很不悦，但还是跟着走进了大楼。

"就是这里，"明美打开一个房间的大门，"请进。"

真弓一眼看到玄关处摆放的两双鞋，顿时脸色铁青。那双男鞋正是她丈夫的。

她走进屋，四下张望，发现卧室的门微微开着。她走到近前，听到女人的声音从里面传来。

"冴岛先生，"喘息声夹杂只言片语，"别丢下我……"

"你是我的小心肝，我永远不会丢下你。"

"好高兴……"

"那个老太婆要去巴黎两周。我们每天都可以见面。去泡温泉好不好？"

"真的？"

真弓想起来了，女人是千叶志帆。

"冴岛先生……不要这样，现在是危险期，会怀孕……"

"怀孕有什么不好？给我生个孩子吧。"冴岛说。

"可以吗？"

"当然可以。你真可爱。"

"冴岛先生……"

真弓气得浑身发抖。

明美抓住真弓的手腕低声说："我们走。"离开房间后，她又说："这是我送给你的礼物。忘掉这个负心汉吧，到了巴黎，我们重新开始。"

"是啊。"突然之间，真弓使出全身力量把明美撞飞。明美的头磕到墙上，一时动弹不得。真弓把明美手袋里的东西一股脑倒出来，一把手枪掉在地上。她捡起枪返回房间。

"站住！不要干蠢事！"明美挣扎着爬起来走到室内。枪声响起，女人发出尖叫，接着是第二声、第三声枪响。

明美呆立在卧室门口，床上，半裸的冴岛和志帆倒在血泊中，显然没气了。

"看看你干的好事！快逃！"

听了明美的话，真弓转过身。

"我不逃。"

"你……"

"你也别想逃！"真弓把枪口对准明美。

"不要！"

明美万万没想到真弓如此爱自己的丈夫。她失算了。

真弓扣下扳机。

过去多久了？

如果是夜晚，这里会一片漆黑。如果是白天，这里会透进几缕光线。现在光线幽暗，大概是早晨。

食物没了。虽然喝得很节省，也只剩下半瓶水了。

亚由无计可施，想不通到底发生了什么事。

半睡半醒中，电脑又启动了。

"早安！"刺眼的白色屏幕上，雅由活力十足地打招呼。

"你到底想怎样？"

"祝贺你，"雅由说，"你的苦日子今天要结束了。"

"你要放我走？"亚由心中不由得升起一线希望。

"以这种方式和你对话，实在有失礼数。我会从这里出来直接和你见面。"雅由说。

这时，响起一阵脚步声，有人走到门外。

雅由真的来了？不是梦？

脚步声停止了，沉重的大门"吱扭吱扭"被推开。借着电脑屏幕的亮光，亚由看到一个穿水手服的人影朝自己走近。

"我来了。"

亚由愕然望着穿水手服的少女，不，是穿水手服的弘一。

"现在知道了吧？我真的存在哦。"弘一说。

"弘一！"

"你胡说什么！弘一不在这里，这里只有我们俩。"

"弘一……"

"弘一是我的。你诱惑他，让他堕落了！你出现之前，他从没想过和我干那些龌龊事！"

"你醒醒啊，弘一！"

"你再闹也没用，"弘一说，"没人来这里。这是废弃建筑的地下室。"弘一看向上方，"今天这座建筑会被拆除。

上面会整个塌下来，这里将被掩埋在水泥和钢筋底下。"

"你知道你在做什么吗？"

"将来有一天，他们整理这片区域的时候肯定会发现你。不要担心，会有人给你办体面的葬礼，"弘一说，"然后弘一就是我一个人的……"

"你清醒一点儿，弘一！"

"你根本不了解弘一。他对女人的肉体没兴趣。只有纯粹、直白、发自内心地爱慕他的女孩才能成为他的恋人。"弘一微笑，"那么，永别了。我们永远不会再见了。"

"等一下，弘一！"亚由大叫，然而大门又关上了。

电脑中的雅由笑着说："你再怎么诱惑弘一，我也不在乎。你将变成老太婆，而我会永远年轻。永别了！"

雅由从电脑中消失了。

不久，伴随着阵阵轰鸣声，大地微微震颤。墙皮、砖块从天花板掉落下来。这里真的要被拆除了？

"快住手！"亚由拼命大喊，"这里有人！有人在地下室！救命！"然而她的声音被重型机械的引擎声完全淹没了。

又是一声巨响，整个建筑摇摇欲坠。亚由以手护头。救救我！我不想死！

就在这时，头顶的噪声突然停止。

怎么回事？亚由反而更恐惧了，天花板是不是马上要塌了？

咦？这又是什么声音？怎么会有猫叫？一定是幻听。但确实很像猫叫。

"亚由小姐，"有人大喊，"我是晴美！"

"我在这里！"

沉重的大门打开了，福尔摩斯朝亚由直奔过来。

"啊，你来救我了！"亚由泪流不止。福尔摩斯用粗糙的舌头不断舔着她的脸颊。

尾 声

"片山先生，谢谢你。"病床上的亚由说。

"你的身体没有大碍，太好了。休息一段时间就可以完全恢复了。"

"是啊。"亚由点点头，"弘一……怎么样了？"

"他住院了。据医生说，他爱你这件事让他对电脑里的雅由怀有强烈的罪恶感，不知从何时起，他真心相信雅由不是动画，而是现实存在。"

"太可怜了，"亚由低语，"不过我能理解他的心情。"

"八木都交代了，P事务所的赃款都藏在你被囚禁的地方，"片山说，"弘一的母亲曾带他去过，就在他家附近。"

病房的门打开了，尾田走进来。

"啊，你看起来恢复得很好嘛。"

"对不起，我休病假又要耽误工作了。"

"没关系。你看，我们把你这次的经历做成了电脑游戏，怎么样？"

"不！我永远都不想回忆这些事！"

"这是领导的命令！"

"太过分了！你这是虐待病人。"

"哪有这么精神的病人！"尾田大笑。

"打扰了。"晴美抱着福尔摩斯走进来。

"福尔摩斯！我的救命恩人！"亚由伸出手，"不，是救命恩猫。"

"喵——"福尔摩斯灵巧地跳到病床上。

"冴岛真弓呢？"晴美问，"她是不是去自首了？"

"是的，她交代了P事务所的事。她花钱一贯大手大脚，手头比较紧，因此向朋友圈的其他阔太太打听除了借钱有没有来钱快的路子，没想到这话碰巧被大坪明美听到了。"

"然后她们创办了P事务所？"

"明美原本就有这个计划，苦于没有资金，这下正好可以从一帮有闲钱的太太手里募集资金，把生意做大。"

"小出雪子为什么会被杀？"

"本来说好按投资比例分红，但冴岛真弓一度急需用钱，就多拿了。这引发一些成员的不满，雪子是反对派的。"

"所以，杀她的是……"

"是真弓拜托明美下手的。虽然这是真弓的一面之词，但我认为应该是事实。先冷静地开枪杀人，再不慌不忙地把枪扔进弘一房间的垃圾桶，一般人可做不出来。"

"所以说，真弓和明美狼狈为奸？"

"把村井推到真弓的车前导致他被撞死的应该是明美。她想拿住真弓的把柄，让她对自己言听计从。"

"可她没想到自己最后竟然会死在真弓的手上。"

"是啊。还有，冴岛和千叶志帆也死得很惨。"

"可不是嘛，"亚由看向尾田，"您可要多加小心啦。"

"我和凉子……只是一时意乱情迷，"尾田说，"我已经把她忘了。"

"您太太没有忘。"

"我会好好反省的。"尾田沮丧地说。

"好了，"晴美说，"哥，你的事怎么办？"

"我怎么了？"

"别装傻了，就是你和安西小姐的事！"

"哦。可是她还要住院一段时间。"

"那你也不能对人家置之不理。"

"我没有……"

"哥，你的手机响了。"

"哦，我接一下。"片山匆匆离开病房，"喂……哦，是舅妈呀。"

"我给你打电话是想说怀美的事……"

"我正打算去看望她。"

"是吗？去看看她也好。"

"怎么了？"

"是这样的，怀美托我给你带句话。"

"什么话？"

"她说：'片山先生人很好，可惜我和他没有缘分。'"

"这……这样啊。"

"你不要灰心。"

"我好得很！"

"据说给怀美做手术的永井医生向她求婚，她接受了……好了，就这样吧。我挂了。"

"再见。"

片山握着手机怅然若失。福尔摩斯悄悄跑到他脚边坐下。

"福尔摩斯啊，你也是女生，"片山说，"我真的摸不透女生的心思。"

福尔摩斯打了一个很敷衍的哈欠。

"我该怎么向晴美解释呢？"片山长叹一声，和福尔摩斯一起向病房走去。